陶方宣——著

陸梅——插圖

霓裳・張愛玲

〔增訂版〕

JPC HK

責任編輯　俞　笛　王婉珠
封面設計　吳冠曼
版式設計　鍾文君
人物插圖　陸　梅

書　　名　霓裳・張愛玲（增訂版）
著　　者　陶方宣
出　　版　三聯書店（香港）有限公司
香港北角英皇道四九九號北角工業大廈二十樓
Joint Publishing (H.K.) Co., Ltd.
20/F., North Point Industrial Building,
499 King's Road, North Point, Hong Kong
香港發行　香港聯合書刊物流有限公司
香港新界荃灣德士古道二二〇至二四八號十六樓
版　　次　二〇〇九年八月香港第一版第一次印刷
二〇二二年一月香港增訂版第一次印刷
規　　格　十六開（164 × 230mm）二四八面
國際書號　ISBN 978-962-04-4926-0

序一

張愛玲 · Clothes-Crazy

每次讀《更衣記》，看見張愛玲的文字，或準確一點，她針對衣服的文字，便會思念我那早逝的三姐。

早在我們十多歲，唸初中的時候，三姐便率先向我推介張愛玲的作品。開始時，她的小說未能打動我遲慧的心，直至偶然打開三姐所藏現在已又殘又舊的皇冠早年版本《流言》裏的短篇《更衣記》。

十多歲的我對時裝的興趣、對打扮與眾不同的追求，比日後從事時裝工業作設計師的我強烈十倍。猶幸，對《更衣記》的濃厚興趣，讀至精警見解的文字時拍案叫好的情緒仍未退化。今天以中文書寫甚至專職時裝文字的各路作者、記者或編輯……對不起，無人能超越張愛玲上世紀四十年代落筆的水準！

超時代「一個女人到底不是大觀園」

從前，大部分中國人雖然未接觸時裝，但「衣服」倒是每天必穿的，總有一套心得吧？今天接觸及擁有普世性時裝的中國人數量龐大，肯定在不久的將來是世界上購買國際品牌最大的消費團；只是大家抱着今天吃得好、活得好的心態，也要穿得好來顯現面子，猶如張愛玲在《對照記》中自己調笑「後心理自卑」的Clothes-Crazy。今天以文化及生活態度配合大品牌廣告推銷角度下筆的時裝文字，就是有，也未必達致高水準，起碼可讀性超越不了《更衣記》。

「……古中國的時裝設計家似乎不知道，一個女人到底不是大觀園。太多的堆砌使興趣不能集中，我們的時裝的歷史，一言以蔽之，就是這些點綴品的逐漸減去……」

因為這一段文字，少年的我眼放光芒：原來衣服可以這樣去描繪，寫衣服或生活的心得去到最高境界，便是從暴發戶的繁花似錦逐一減褪。最終，得道者走向Simplicity——簡約的光明大道。

影響張愛玲對衣服看法的有幾個主要人物：裹過腳但又放了，日後追求新女性自由而離婚到歐洲遊讀的母親；讓她穿着從顯赫家庭帶來的大批「料子都很好的」故舊衣服（中式的、旗袍的居多）的繼母；她的祖母，名門李鴻章之女，有不少官家遺風及遺物；她上香港大學時的摯友，中印混血兒炎櫻（Fatima），使她在遠離上海祖家打開一扇異域情緒之門，另加香港華洋雜處的面貌與氣氛的衝擊（這也影響了張日後的小說，以不少香港所見所聞作背景）。

七十年前，不是前衛是什麼？

張愛玲本人寫衣手法以現代時尚追求者的角度批判，相信得分並不高，但也不失為一位具有前衛膽識的好手。在《對照記》她一再回顧當年「……在戰後香港買的廣東土布，最刺目的玫瑰紅上印着粉紅花朵，嫩黃綠的葉子。同色花樣印在深紫或碧綠地上……」、「……帶回上海做衣服，自以為保存劫後的民間藝術，彷彿穿着博物院的名畫到處走，遍體森森然飄飄欲仙，完全不管別人的觀感……」這番「前衛」，加上與炎櫻拍下不少照片遺留後世，相信張曾為「與眾不同」興奮了好長一段青春歲月。

在《對照記》一眾「時裝」照片中，最感興趣的，莫過於一九四三年某園遊會與影星李香蘭（山口淑子）合拍所穿她祖母遺下的衣服，雖說「陳絲如爛草」，但裁縫也「不皺眉」地拿去，照炎櫻的設計將「米色薄綢上灑淡墨點，隱着暗紫鳳凰，很有畫意……」的Re-Vamp + Vintage + Organic的獨特衣裝，快七十年前，不是前衛是什麼？

悵望卅秋一灑淚，蕭條異代不同時

一九五五年張愛玲離開香港赴美國前，於一九五四年，「宋淇的太太文美陪我到街角的一家照相館拍照。一九八四年我在洛杉磯搬家整理行李，看到這張照片上蘭心照相館的署名與日期，剛巧整三十年前，不禁自題『悵望卅秋一灑淚，蕭條異代不同時』。」那張照片，張愛玲穿上傳統窄身織錦造的旗袍形小上衫，風姿綽約，大家得見亦驚為天人，張死後，皇冠出版社曾借出相片讓香港《號外》雜誌作封面，不少張迷搶購珍藏，在下為其中一分子。

張的母親帶着名門之後的小腳，以三寸金蓮換上上世紀二三十年代Chanel剛剛冒起年代的歐洲時裝走進西方地圖，她那中西合璧的漂亮面容與憂鬱的氣質，另加一箱又一箱的時裝當然為張愛玲帶來不少穿衣術的啟發，但在心理上的影響還是不及她父母離婚以後再娶的繼母。在《對照記》中張如是說：「……我穿着我繼母的舊衣服。她過門前聽說我跟她身材相差不遠，帶了兩箱子嫁前衣來給我穿。……她說她的旗袍『料子都很好的』，但是有些領口都磨破了……」，「不過我那都是因為後母贈衣造成一種特殊的心理，以至於後來一度Clothes-Crazy（衣服狂）。」

時裝設計師　鄧達智

序二

香港三聯書店的編輯要我為他們即將出版的一部新書《霓裳．張愛玲》寫一篇序文。初時，我有點感到為難，自己並非什麼服裝專家，只是尋常的一個酷愛穿漂亮衣裳的女人，怎麼有資格寫？其實，哪個女人不愛美？編輯又說：「最近你已經出了一部專寫穿衣服的書《雲想衣裳》，難道還不可以為我們寫一篇序嗎？」恭敬不如從命，只好答應了。

說實在的，我原來就是個「張迷」，如今有機會一睹張愛玲的「私人衣櫥」，實在有點兒興奮。沒想到這部書的作者，竟然是位男子漢。由他細膩的觀察力和感性的筆觸，把張愛玲本人和她小說人物中的衣裝，鉅細無遺地娓娓道來，讓人看得目瞪口呆，恨不得跟着跳到張愛玲的霓裳世界裏，永遠不要出來。

張愛玲說過：在政治混亂期間，人們沒有能力改良他們的生活情形，他們只能夠創造他們貼身的環境——「貼身」的環境者，那就是衣服。衣服成了她住在裏面的一間屋子，在屋子裏可以為所欲為，不理外面世界閒雜人等的奇異目光。她可以獨立異行，「衣」不驚人誓不休。讀她的小說，揣摩她的為人，應該是個頗傳統保守的女人，為什麼表現在衣着方面，卻是一副如此放浪形骸、遺世而獨立的鐵錚錚奇女子的形象呢？

人謂有諸內形之於外；張愛玲外表冷酷，內裏熱情，尤其對於心愛繫之的人與物，更是依戀萬分。她曾經說過這樣的話：再沒有心肝的女人，對穿過的衣裳，也有一份發自內心的衣戀。

引述本書作者陶方宣的話說：「依」字應該將人字旁去掉，改成衣，依戀在張愛玲眼中就是衣戀。她可以為一件以前新做的蔥綠織錦而可惜——一次也沒穿上身，就無法穿得下了，因為自己長得太快了。多年之後，想到那件衣服，仍然感到傷心，引為終生憾事。衣服之於張愛玲，是知己良伴，豈可輕易相忘呢？

由張愛玲的穿衣哲學，禁不住想到我自己，何嘗不也是跟衣裳結下一樑子的恩怨情仇呢？我也曾說過以下的一段話：我對於衣服的依戀卻是相對的無情，在我十年倥偬憂鬱的歲月裏，愁悒的情緒令自己無法掌握住生存下去的意志，總害怕有一天拒絕不了死神的召喚，突然撒手而去，留下一衣櫥的「孤兒」，為家人帶來麻煩，所以每次病發，都先行把它們「處決」了。然而，我對衣服無情的說法又不盡然，病好了，又滿懷興致地去採購衣服，沒多久衣櫥又住滿了「新住客」，款式和顏色跟先前丟掉的沒有多大的分別，證明我還是個頗重舊情的人。

畢竟我並非張愛玲，可以像她那般敢作敢為，她懂得自己設計衣服，把復古的清裝穿在身上，仍然可以表現出一派得意洋洋的神態，在大街窄巷中穿梭往來，不懼怕旁人的奇異眼光。相對來說，我是保守的。我只穿適合自己身份、年齡、看來漂亮，穿上身舒適，不一定很華麗，卻要配合自己氣質風度的衣服，因為我最怕受人注目，寧願低調一點，讓別人和自己慢慢體味我的衣服特質就好了。

我是個「張迷」，和她一樣，我也喜歡一切深艷明麗的色彩，如紫紅、青黑、桃紅、嫩綠、寶藍、深紅、赭黃、孔雀藍、青蓮、藍紫等，在我不同的人生階段裏，隨着心境的轉換，把這色彩繽紛的衣裳，交替地愛着、穿着，以此過着平常的日子。

誰說不是霓裳羽衣曲？更是雲想衣裳花想容。讀着這部《霓裳·張愛玲》，就想到她的一襲襲霓裳，她翩翩的青春身影、容貌可堪與花媲美！她創造的衣裳傳奇世界，足可譜成一首霓裳羽衣曲，叫人回味無窮。

李子玉旅次台北

二〇〇九年五月二十五日

目錄

一、我愛霓裳

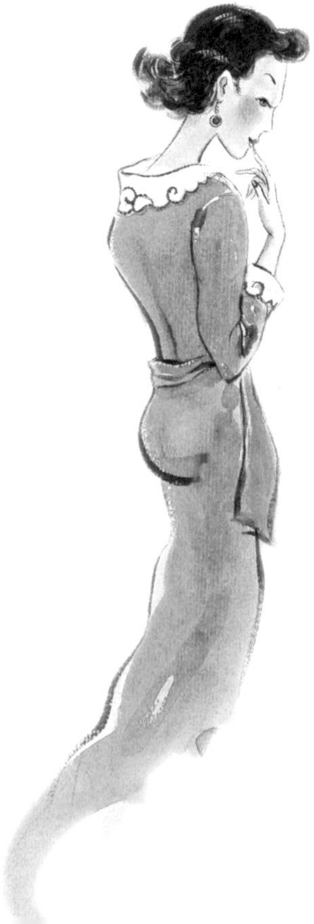

二、筆底霓裳

四、男性衣裝

五、旗袍之魅

時裝的日新月異並不一定表現活潑的精神與新穎的思想。恰巧相反。它可以代表呆滯；由於其他活動範圍內的失敗，所有的創造力都流入衣服的區域裏去。在政治混亂期間，人們沒有能力改良他們的生活情形。他們只能夠創造他們貼身的環境——那就是衣服。我們各人住在各人的衣服裏。

——張愛玲

一、我愛霓裳

臨水照花人

——織錦緞夾袍

張愛玲曾經說過這樣的話：再沒有心肝的女人，說起她「去年夏天那件織錦緞夾袍」的時候，也是一往情深的——一句話說到女人骨子裏，再沒有心肝的女人，對穿過的衣裳，也有一份發自內心的依戀——「依」字應該將「人」字旁去掉，改成「衣」，依戀在張愛玲眼中就是衣戀、戀衣。

張愛玲三個字現在多半不是名詞，而是形容詞，形容一種生活品位與時尚。張愛玲的背後是上海灘，是老爺車、藤木椅、青花瓷、織錦緞、紳士懷錶、手搖唱機、周璇的歌，還有昏黃的汽燈、微甜的紅酒——織錦緞是不可或缺的道具之一。看過一張張愛玲的著名照片，她手叉細腰斜視天空，一副目中無人的姿態，上身那件就是織錦緞面料，只是不能稱為袍，而是夾襖。那是一九五四年，她在香港，正打算前往美國——

上海的一個時裝設計師邵艾水為了再現這件織錦緞夾襖實在花盡心思，他唯一的參照物就是這幅照片，照片是黑白的，如何還原成彩色讓他一籌莫展，先是以為淺綠配紫紅，怎麼看也不協調。最後他在書上發現，張愛玲喜歡大紅、蔥綠、檸檬黃、士林藍——這幾種顏色中最有可能是蔥綠。張愛玲在《更衣記》中描述了十九世紀流行的「雲肩背心」，盤着大雲頭的黑緞寬鑲。邵艾水最終認定，這件衣服就是蔥綠織錦緞加黑緞寬鑲。最後的成衣就蔥綠織錦布料，有如意和壽字圖案——蔥綠的顏色有些暗，正好襯托了這位「臨水照花人」。

織錦緞是絲綢的一種，蠶食桑葉吐出千絲萬縷，千絲萬縷織成香水錦緞，春水一般柔滑，春雨一樣微涼，女人無法不愛。張愛玲在文中頻頻提及：「荀太太一身織錦緞絲棉袍穿在身上，一匝一匝，像盤着條彩鱗大蟒蛇——別人是鵝行鴨步，她就是個鴛鴦——鵝蛋臉紅紅的，像鹹鴨蛋殼裏透出蛋黃的紅影子。」張愛玲說：「……衣服是一種言語，隨身帶着的一種袖珍戲劇。」「……貼身的環境，那就是衣服，我們各人住在各人的衣服裏。」張愛玲非常喜歡旗袍，織錦緞的夾袍是旗袍的一種，她有各式各樣的旗袍：織錦緞的旗袍傳統而華貴；稀紡旗袍，輕盈而嫵媚；鏤金碎花旗袍，華麗而高雅；黑平緞高領無袖旗袍，淒美哀愁不失神秘。她穿旗袍的形象已深深地烙印在中國人的記憶之中，宛若時光的花，永不凋謝。

張愛玲小時最喜歡六月六曬衣裳，說那是一件輝煌而熱鬧的事，人在竹竿與竹竿之間慢慢走過，兩邊是綾羅綢緞的牆壁——應該有一道牆是織錦緞的吧？「那是埋在地底下的古代宮室裏發掘出的甬道。你把額角貼在織金的花繡上。太陽在這裏的時候，將金錢曬得滾燙，然而現在已經冷了。」——張愛玲文字本身也好像一匹織錦緞夾袍，看着花團錦簇、繁華熱鬧，觸手撫摸，卻是一片冰涼。

我愛霓裳

婉妙複雜的調和

——擬古式齊膝夾襖

張愛玲走紅上海灘時，到處以奇裝炫人。有一次，為《傾城之戀》改編為舞台劇之事，她去見老闆周劍雲，穿的是自己設計的服裝，就是一襲擬古式齊膝夾襖，超級的寬身大袖，水紅綢子，用特別寬的黑緞鑲邊，右襟下有一朵舒卷的雲頭——也許是如意。長袍短套，罩在旗袍外面。《流言》裏附刊的相片之一，就是這種款式。周劍雲是當時明星影片公司三巨頭之一，交際場上見多識廣，那天面對張愛玲，也顯得有些拘謹，大概是張愛玲顯赫的文名和外表，給他留下太深刻的印象。

張愛玲這張着擬古式齊膝夾襖的照片現在到處都可以看到，據説原照背面有她題寫的一行字：有一天我們的文明，不論是昇華還是浮華，都要成為過去。然而現在還是清如水明如鏡的秋天，我應當是快樂的——可以想見，穿擬古式衣裳的張愛玲心裏好比是清如水明如鏡的秋天，是快樂而愉悦的。身在民國時代，她好像對民國服裝並不傾心，更眷戀古人穿衣，説那是「婉妙複雜的調和」，「色澤的調和，中國人新從西洋學到了對照與和諧兩條規矩，

我愛霓裳

紅綠對照，有一種可喜的刺激性，可是太直率的對照，大紅大綠，就像聖誕樹似的，缺少回味。現代的中國人往往說從前的人不懂配色，古人的對照不是絕對的，而是參差的對照，譬如說，寶藍配蘋果綠，松花色配大紅——我們已經忘記了從前所知道的」。

張愛玲之所以為張愛玲，就在於她肯定不會滿足於空談，她要付諸行動，也只有這樣的女人才不管不顧地穿着擬古式齊膝夾襖去見人。胡蘭成的侄女青雲到了八十多歲還記得張愛玲：「她人不漂亮，鞋子是半隻黑半隻黃，喜歡穿古朝衣裳，總歸跟人家兩樣子。」別的作家寫人物衣着，往往粗針大線，只求達意。張愛玲決不肯馬虎，力求細緻準確，有時候讀她的小說，就好像在看服裝秀，每一個太太小姐出場，都帶出一片錦繡——其實她自己一生彷彿都在服裝走秀，弄堂裏的小裁縫顯然不能滿足她，「我們的裁縫是沒有主意的，公眾的幻想往往不謀而合，裁縫只有追隨的份兒。」

也許就為了改變這現狀，她和炎櫻一起謀劃着替人設計時裝，廣告在一家雜誌上刊登出來了：「炎櫻與張愛玲合辦炎櫻時裝設計，大衣、旗袍、背心、襖褲、西式衣裙。電話時間：三八一三五，下午三時至八時。」不知道這念頭是張愛玲一時興起，還是經過周密計劃，找上門的顧客不多，都設計了什麼樣的時裝現在也不得而知。估計一些客戶一聽張愛玲大名就有點望而卻步，誰敢穿着前清老樣子襖褲和一襲擬古式齊膝夾襖走上繁華摩登的霞飛路啊？畢竟張愛玲只有一個，也只能出一個。

有生命的衣裳

——矮領子布旗袍

小裁縫的手藝無法滿足張愛玲的服裝癮，她只能親手製作服裝來表達自己的主張——在香港讀書時，她連連得了幾個獎學金，省下點錢，便自選衣料，自己設計。這件衣服她弟弟張子靜曾見過，是一件矮領子布旗袍，大紅底子，上面印着一朵一朵藍的白的大花，穿的時候要像套汗衫一樣鑽進去，兩邊沒有紐扣，領子下還打着一個結，袖子短到肩膀，長度只及膝蓋。張子靜問她是不是香港最新的樣子，張愛玲笑道：我還嫌這樣子不夠特別呢！

張愛玲因為打仗放棄讀書從香港回來，張子靜明顯感覺到她變得很洋氣，標誌之一，就是這件她親手製作的矮領子布旗袍——說到底，在所有服裝中，旗袍還是張愛玲的最愛。小的時候她就癡迷華服，彷彿天生如此——多半還是受家庭和母親的影響，《對照記》裏有她多幀童年照片，每一張都衣着得體精緻，色彩永遠那麼和諧，這背後若沒有一位講情調、有品位的大人，那是不可思議的。記得一張她坐在古銅色籐椅上的照片，麵團似的，微微笑着，一身淡藍色的薄綢連衣裙，領口和袖口都一色純白，白襪黑鞋，臉上有胭紅，像電影裏小童星似的。後來她飛快地長大，衣服更多了，因此總是嫌日子過得太快了：突然又長高了一大截子，新做的外套不能穿。蔥綠織錦的，一次也沒上身，已經不能穿了，以後一想到那件衣服她就很傷心，認為是終身的遺憾。在張愛玲眼裏，衣裳是有生命的，曾和自己肉體相連、肌膚相親，貼心貼肺，是另一個自己，情如姐妹——

她最愛的只能是旗袍，古典又現代，時尚又保守——在滿清的時候，旗袍主要用於宮廷，皇太后、皇后用明黃色朝袍，貴妃、妃用金黃色，到嬪就只能穿秋香色。領托、袖口、側襬、下襬的鑲滾花邊道數有「十八鑲」之稱，發展到極致的，可以連旗袍本來的面目都看不出——袖口內綴接可以拆換的華麗袖頭，袖頭還要鑲滾繁多的花邊，乍看上去似乎穿了好幾件考究的衣服。總之就是不擇手段把面子撐足，而人體曲線則全然不管不顧。張愛玲說：「在滿清三百年的統治下，女人竟沒什麼時裝可言！一代又一代的人穿着同樣的衣服而不覺得厭煩——削肩、細腰、平胸，薄而小的標準美女在這一層層衣衫的重壓下失蹤。」——失蹤的美女在張愛玲時代又找回來了，從政治層面到衣服層面，中國都發生了徹底的轉變，旗袍褪去了服裝制度的假皮，鑲滾簡單了，色澤也淡雅起來。剛擺脫封建的中國女性，在沉睡了三百年以後猛然清醒過來，細腰曼妙、曲線玲瓏，一如風吹依依楊柳、雨濕灼灼桃花——於是我們看到，張愛玲、阮玲玉們身着旗袍蝴蝶般翩翩淡入老上海浮華風情。

張愛玲有很多旗袍，購買的、自製的，高領子的、矮領子的，緊身的、直筒的——她名字中間有一個愛字，其實也可以這樣說：張愛玲的愛就是對文字的愛，對旗袍的愛。

我愛霓裳

生命的底色

——孔雀藍鑲金線上衣

在張愛玲遺物中，有一件孔雀藍鑲金線上衣——張愛玲很多生活用品都是以藍色調為主，諸如艷藍、青藍、藍綠、水手藍、橘子藍等。張愛玲研究者周芬伶認為：這件孔雀藍鑲金線上衣是張愛玲的最愛——這說法我不大認同，像張愛玲這樣的戀衣狂，選購的每一件衣服都應該是她的最愛。

「那是仲夏的晚上，瑩澈的天，沒有星，也沒有月亮，小寒穿着孔雀藍襯衫與白褲子，孔雀藍的襯衫消失在孔雀藍的夜裏，隱約中只看見她的沒有血色的玲瓏的臉，底下什麼也沒有，就接着兩條白色的長腿。」張愛玲這樣寫她筆下人物小寒。小寒只有二十歲，選擇孔雀藍襯衣與白褲子，似乎清純的色彩比較，分明有了女人的妖嬈與決然的氣勢。她的穿着孔雀藍的身子融進夜色裏，給予神秘的視覺想像：這個坐在欄杆上的美麗女孩無疑會有離奇的故事帶給我們。

服裝的最高境界其實不再是服裝，而是服裝後面依附的那個靈魂，張愛玲深諳此道，同齡的女子，比如性格、家境、涵養等等不同，都可以從服裝中體現出來。張愛玲一向喜歡奇

我愛霓裳

裝炫人，那是她生命的需要，是她靈魂的需要，平凡的肉體住在一件平庸黯淡的衣服裏，她無法忍受。傅雷曾委婉地批評張愛玲，最後有一句：傳奇在中國都沒有好下場，但願這件事永遠不要牽扯到張愛玲女士身上——已經點到她的名了，還說不要牽扯到她。張愛玲肯定大為震怒，她立馬出書回擊，書名就叫《傳奇》，書前的題詞為：在傳奇裏尋找普通人，在普通人裏尋找傳奇——她希望公告天下，希望大家為她舉杯，她用自己的方式廣而告之，她要活出一個傳奇。《傳奇》的封面就是她自己親手設計的，用她最喜歡的藍綠色，給上海的夜空開了一扇小窗戶——「整個一色的孔雀藍，沒有圖案，只印上黑字，不留半點空白，濃稠得使人窒息。」據說張愛玲姑姑也是喜歡這種深重的顏色，張愛玲曾說過這樣的話：遺傳真是不可思議，而我姑姑的長處我則一樣不曾具有，真是氣死人。

孔雀藍是一種迷人的顏色，據說它是以銅為着色劑，同時有綠、藍兩種色調，孔雀開屏為什麼美麗？就是這種瑩瑩的藍綠光斑在閃爍——我看過一件孔雀綠釉青花蓮魚紋盤，明成化景德鎮窯製品，美得驚心動魄。張愛玲喜愛這種顏色一點也不偶然，她從小就是個色迷。有一次參加一個聚會，穿着橙黃色綢底上衫，下着一條和《傳奇》封面同色的孔雀藍裙子，頭髮在鬢上捲了一圈，其他便長長地披下來，戴着淡黃色玳瑁邊的眼鏡，搽着口紅，沉靜端莊，一出場舉座皆驚。

其實這種顏色也是中國的古典色，藍中帶綠，強烈而飽滿，是憂鬱與壓抑的聲音，是張愛玲生命的底色。

與別人不一樣的盛裝

——檸檬黃裸臂晚禮服

張愛玲的奇裝異服是她生前死後人們喜歡議論的話題之一。女作家潘柳黛有一次和蘇青約好到赫得路的公寓去看張愛玲。一進門，潘柳黛驚呆了，張愛玲身穿一件檸檬黃袒胸裸臂的晚禮服，渾身香氣襲人，手鐲項鏈，滿頭珠翠，一身盛妝打扮。潘柳黛一怔，問她是不是要上街，張愛玲說不是，是等朋友到家裏來喝茶。當時蘇青和潘柳黛衣飾隨便，相形之下覺得很窘，怕她有什麼重要的客人要來，互相交換了一下眼色，非常識相地要告辭。誰知張愛玲卻慢條斯理地說：我的朋友已經來了，就是你們倆呀——這時潘柳黛才知道，原來她盛妝打扮正是款待她們，兩個人更加窘迫，好像不懂禮貌的無知者一樣。

四十年代的上海灘，儘管時局動蕩混亂，但它仍是一個車水馬龍、五光十色的大都會，市井百姓仍以衣食住行為主要生活內容。張愛玲經常發表小說的《萬象》雜誌上，曾刊載過一組《婦女時裝吟》詩歌，讀來生動又傳神：雪肌不愛襪來籠，錦革高跟半鏤空。新裝赤足最時趨，雙臂袒露白如銀——此種風尚已等同於萬里之外的歐美，這裏面透露的，是十分複雜、一言難盡的政治文化氣息。

張愛玲受母親影響，從小就對服裝產生濃厚的興趣，在她的著名散文《更衣記》中，她將中國千百年來的衣着變遷如數家珍般娓娓道來，一直寫到她生活的三四十年代，她很八卦地說：近年來最重要的變化就是袖子的廢除，同時衣領矮了，袍身短了，裝飾性質的鑲滾也全免了，改用盤花紐扣來代替，不久連紐扣也被棄用，改用揿紐。總之，這筆賬完全是減法——所有的點綴品無論有用無用一概剔去，最後保留的，只有一件緊身背心，露出頸項、兩臂與小腿。

張愛玲喜歡盛裝，但是像這種裸着臂穿檸檬黃晚禮服並且滿頭珠翠的盛裝卻極少見，為了迎接朋友來家裏喝茶，卻如此隆重出場，可以想見她對這位朋友的重視。她是一位極守時的人，骨子裏自少便有一種西式生活規範，如果朋友遲到，即便她在家，也不開門，還如此回答：張愛玲小姐現在不會客——蘇青是她一生最重要的密友，不知道張愛玲對她會不會例外？

蘇青和炎櫻可以稱張愛玲的另一雙眼睛，她的審美觀一定要得到二位的確認才能得到自信，想當年上海霞飛路上的霓虹燈，多少次映照過她們的霓裳與鬢影？每一次逛街張愛玲都穿得很特別，她要和別人不一樣——在衣飾上她永遠不能滿足。對服裝的審美觀很自然地影響了她的人生觀，她的生命、她的愛情，也像她愛穿的那些另類服裝，完全和別人是不一樣的。

聞得見香氣的顏色

——桃紅色軟緞旗袍

一九四五年，在老上海華懋飯店，《新中國報社》主辦女作家座談，很多人在事後回憶那天到場的張愛玲，身穿一件「桃紅色軟緞旗袍，外罩古青銅背心，緞子繡花鞋，長髮披肩，眼睛裏的眸子，一如她人一般沉靜」。

旗袍是老上海一道炫目的風景，它原本是旗人男子用來騎馬的服裝，民國以後，上海的女人把它拿來改良，便一紅驚天。張愛玲說：「五族共和之後，全國婦女突然一致採用旗袍，倒不是為了效忠於滿清、提倡復辟運動，而是女子蓄意模仿男子而為。」而張愛玲偏愛桃紅色，在成功事業、美滿愛情雙雙來臨之際，她選擇了桃紅軟緞旗袍，她說過：桃紅的顏色能聞得見香氣——在那面帶桃花的燦爛時刻，她心頭一定香氣瀰漫。

旗袍其實有一種厚重的老於世故的美，最適宜包裹細瘦渾圓體形下，一顆飽受慾念與情調雙重煎熬的心，最經典的顏色是帶有一點點悲劇感的，譬如陰藍、深紫、玫瑰紅、鵝絨黑——前幾年，一部《花樣年華》，又引發了一股春花爛漫般的旗袍熱，影視劇往往就偏

愛張愛玲背後這一段老上海風情，比如《風月》、《搖啊搖，搖到外婆橋》、《胭脂扣》、《紅玫瑰與白玫瑰》、《半生緣》、《海上花》、《長恨歌》、《色．戒》——在這些女明星身上，一樣的旗袍，飄逸出來的風情是不一樣的：張曼玉的上海是長巷深處少女一聲喟然的歎息；鞏俐的上海是十里洋場一片靡麗的華燈與鬢影；梅艷芳的上海是一朵黑色的菊花，不知是焦枯了還是正在徐徐綻放；葉玉卿的上海是一團白色的草紙，一截白色的肚皮；周迅的上海是眼中晶瑩的哀傷，照不亮心頭的黑暗；趙薇的上海是莽撞與輕信，華麗與清寒，單純與放蕩——她們身着寶藍或桃紅色旗袍，搖擺着腰肢與媚眼，穿過夢幻的老上海，款款依依淡入人們的記憶深處。

老上海旗袍風情只有到了張愛玲筆下才發了酵，變成了酒，迷醉了一代又一代愛美的人。導演其實並不瞭解張愛玲，關錦鵬的《紅玫瑰與白玫瑰》，華麗的外表潛藏着肉慾，痛苦不堪又無法擺脫。許鞍華的《半生緣》是寫實，李安的《色．戒》是寫意，最得張愛玲精髓的反而是王家衛的《花樣年華》，《花樣年華》據說是在張愛玲住過多年的常德公寓拍的，亂世、快樂而不自信，迷戀於無端、片刻的歡愉，還有精美絕倫的旗袍，和便當盒、雨後的街角一起被蓄意誇張。

晚年張愛玲定居美國後，在很多場合仍是一身旗袍打扮，不過已不及當年那般驚世駭俗。據說，她死前最後一件衣裳是一件磨破了衣領的赫紅色旗袍，像極了她曾經絢爛一時而後卻平淡寂寞的一生。

色彩繽紛的明星衣着

——釘有發光亮片的綠衣裙

母親對孩子影響最大，張愛玲的母親儘管與女兒一輩子沒見過幾次面，但她照樣全方位影響了女兒，比如繪畫的愛好、比如對愛情的癡狂、比如對衣裳的迷戀——

張愛玲的媽媽是湖南人，張子靜說他媽媽是「勇敢的摩登女性，兒時裹過小腳，成年後一直穿高跟鞋」——湖南多出辣妹子，這位辣妹子似乎是一位傳奇女性，放棄闊太太的日子，去國外學畫，與徐悲鴻、蔣碧薇都熟悉，還做過尼赫魯兩個姐姐的秘書。想過辦皮件廠，結果沒有成功。會自己設計時裝，不知道她穿過的那件釘有發光亮片的綠衣裙是不是自己做的，張愛玲對此有詳細記載：「我母親和姑姑一同出洋去，上船的那天她伏在竹床上痛哭，綠衣綠裙上釘有抽搐發光的小片子，傭人幾次來催說已經到時候了，她像是沒聽見。他們不敢開口了，把我推上去，叫我說：嬸嬸，時候不早了。（我算過繼給另一房的，所以稱叔叔嬸嬸。）她不理我，只是哭。她睡在那裏，像船艙的玻璃上反映的海，綠色的小薄片，然而有海洋的無窮無盡的顛簸悲慟。」——這樣子的時裝似乎與張愛玲的審美觀並不協調，

我愛霓裳

張愛玲說過：「中國的時裝設計家似乎並不知道，一個女人到底不是大觀園，太多的堆砌使興趣不能集中，我們的時裝的歷史，一言以蔽之，就是這些點綴品的逐漸減去——」真的減去了嗎？好像沒有，否則不會有這一身抽搐發光的小亮片子，這已是近乎明星的衣着。

張愛玲其實就是當年上海灘明星式的美女作家，她的擬古式齊膝夾襖要比母親的釘有發光亮片的綠衣綠裙更有品位，穿一身閃光小片子的衣裙，更接近於三流明星，多少有些嘩眾取寵。上世紀三四十年代的上海灘，歌星影星多如過江之鯽。據說一個小明星叫楊耐梅，演了一部電影叫《奇女子》，艷名遠播。有一次她穿了一身新設計的裙子到張愛玲和母親、姑姑經常去的卡爾登跳舞，「全身珠光閃閃耀眼奪目，一進舞池，所有女客都投以驚羨的目光，男客們更是目眩神迷——楊耐梅在眾目睽睽之下絲毫不窘，勁歌狂舞，眾人的目光就像聚光燈，將其他人掩在黑暗中，惟獨她光芒四射艷壓群芳」。一星期後，全上海都流行起這套珠光閃閃的衣裙，不知道黃逸梵的綠衣裙是不是克隆了楊耐梅的？

楊耐梅晚年在香港成了丐婦，黃逸梵常去香港，她的生活仍然奢華富足，張愛玲曾到香港淺水灣去看媽媽，「僕傭領着她沿着碎石小徑走過黃昏的飯廳，穿過紫藤花架，陽台上兩個人在說話，一個是母親，穿着西洋蓬裙子，男的是她的美國男友維基斯托夫。兩個人挽臂從淺水灣沙灘上走過，男的英俊，女的漂亮，打着洋傘說着英語，宛若電影畫報——」這一次她沒有穿釘有發光亮片的綠衣裙，而是穿西洋蓬裙子。她和張愛玲一生都在詛咒李氏家族，可又離不開這個發霉的老宅，她們在國外的奢華生活，就是靠變賣李家古董維持的。

翩翩歸來的燕子

——喇叭袖雪青綢夾襖

張愛玲在《五四遺事》裏寫過一個時髦的女生密斯周，在張愛玲筆下，密斯周有一種靜態美：窄窄微尖的鵝蛋臉，前劉海齊眉毛，挽着兩隻圓髻，一邊一個，薄施脂粉，一條黑華絲葛裙繫得高高的，細腰喇叭袖黑水鑽狗牙邊雪青綢夾襖，脖子上繫了一條白絲巾——

密斯周的上衣實在複雜，不過，這也符合張愛玲的風格，穿着打扮從來不怕麻煩複雜，我們來看看密斯周的這件夾襖複雜到什麼程度吧：首先它是綢緞的，是雪青色綢緞，是狗牙邊雪青綢緞，還得加上黑水鑽，另外還得再加上喇叭袖，最時髦的標誌就是這個喇叭袖，沒有這個喇叭袖，管它狗牙邊還是黑水鑽，雪青綢夾襖再漂亮張愛玲也不會多看一眼，也不會讓它出現在密斯周身上。

張愛玲對喇叭袖情有獨鍾，她在文章中說：「時裝上也顯出空前的天真、輕快、愉悅，喇叭管袖子飄飄欲仙，露出一大截玉腕。短襖腰部極為緊小。上層階級的女人們出門繫裙，在家裏只穿一條齊膝的短褲，絲襪也只到膝為止，褲與襪的交界處偶然也大膽地暴露了膝蓋。存心不良的女人往往從襖底垂下挑撥性的長而寬的淡色絲質褲帶，帶端飄着排穗。」

《對照記》裏，張愛玲的很多衣裳全是喇叭袖，頭一張照片，張愛玲就是穿一件喇叭袖夾衣，歪着腦袋站在姑姑和堂侄女兒中間，彷彿有點來者不善的意思，那時候她姑姑很年輕，堂侄女兒比她也大得多，只是輩分小。第四張張愛玲着素花夾袍，喇叭袖下，露出肥嘟嘟的手腕。第六張和弟弟的合影亦是，一套喇叭袖細花綢衣，齊眉短髮，抱着母親從英國寄來的金髮洋娃娃，而她自己，也一如洋娃娃一樣可愛。兒時張愛玲是個很漂亮很可愛的小姑娘，可後來越長越瘦小，也越長越怪，大臉，平胸，晝伏夜出，出語奇絕。第八張一排五個孩子，除最後一個張子靜外，其餘四個女孩一水兒喇叭袖——張愛玲後來回憶拍照的照相館時說：「隆冬天氣沒顧客上門，冰冷的大房間，現在想起來倒像海派連台大戲的後台，牆上倚立着高大的灰塵滿積的佈景片子。」——只是不明白，那麼冷的冬天，每一個孩子都是喇叭袖夾襖，兩袖寒風，難道就不怕冷嗎？

張愛玲的目光總比常人特別一點，她能從喇叭袖中看到整個漢民族的服飾觀，乃至文化史：「究竟誰是時裝的首創者，很難證明，因為中國人素不尊重服裝的版權，而且作者也不甚介意，既然抄襲是最隆重的讚美。最近入時的半長不短的袖子，又稱四分之三袖，上海便說是香港發起的，而香港人又說是從上海傳來的，互相推諉，不敢負責——一隻袖子的翩翩歸來，預兆着形式主義的復興。」把衣袖比喻為翩翩歸來的燕子，張愛玲也是很幽默的，我們完全可以這樣想像，兩隻袖子燕子一樣翩翩飛回，歇落在女人的胳臂上，帶來了一片春天的霓裳。

天真老實中帶點誘惑
——藍布罩衫

張愛玲說：張恨水的理想可以代表一般人的理想——他喜歡一個女人，清清爽爽穿一件藍布罩衫，於罩衫下微微露出紅綢旗袍，天真老實之中帶點誘惑性，我沒有資格進他的小說，也沒有這志願。

喜歡穿藍布罩衫的女孩子，這是張恨水的理想，也是大多數男子的理想，張愛玲說得對，她說張恨水的理想可以代表一般人的理想——清清爽爽一件藍布罩衫，不太張揚，平靜雅致，有一股文靜之氣，這樣的女孩子多半是女學生。但如果太老實古板，又不討人喜歡，於是折中一點，就像張恨水說的，「於罩衫下微微露出紅綢旗袍，天真老實中帶點誘惑」，給人以無盡的想像。張愛玲倒是有一點自知之明，她說「我沒資格進他的小說」。她是喜歡張恨水的，曾經和一個喜歡張資平的女同學為哪個張更好吵得不可開交。她不是太老實，外表孤傲內心張狂，否則不會看着母親「在綠短襖上別上翡翠胸針，就簡直等不及長大，然後說出：我八歲要梳愛司頭，十歲要穿高跟鞋——」穿着打扮這一點她像母親，她母親愛做衣服，張廷重大為不滿，說：人又不是衣裳架子——嫌她花錢太多，可他捨得花錢買汽車，左一輛右一輛，房子越住越狹小，車子卻越開越高級，最後直至貧困潦倒，租房而居。

從我個人來說，其實不太喜歡張愛玲成名後那種讓人驚艷的女明星作派，然後多少有些張牙舞爪地說什麼：成名要趁早呀，否則快樂也就不快樂了——她骨子裏有一些張揚和狂熱，當時翻譯家傅雷可能看不慣張愛玲的許多做派，以迅雨的筆名寫了篇文章委婉地批評張愛玲，最後兩句話把張愛玲激怒了。其實傅雷的論斷是對的，張愛玲一生雖說有過轟轟烈烈的傳奇，卻也的確是「沒有好下場」。

柯靈回憶張愛玲的片斷最讓人喜歡，那時他主編《萬象》，剛剛從事寫作的張愛玲有一天來看他，腋下夾着一個報紙包，說有一篇稿子請她看看：她穿着絲質碎花旗袍，色澤淡雅，也就是當時上海小姐普通裝束，那篇小說就是隨後發表在《萬象》上的小說《心經》，還附有她手繪的插圖——那時候張愛玲還沒有大紅大紫，當她腋下夾着小說手稿走上《萬象》雜誌社木樓梯時，一如張恨水筆下那些穿藍布罩衫的女學生，樸素而清純，低眉又低調，甚至還有點落寞。

彷彿穿着博物院的名畫

——老祖母夾被服

有一次，張愛玲從香港回上海，帶回一匹廣東土布，刺目的玫瑰紅，印着粉紅花朵，嫩綠的葉子，印在深藍或碧綠的地上，是鄉下嬰兒穿的，她做成了衣服，自我感覺非常之好，「彷彿穿着博物院的名畫到處走，遍體森森然飄飄欲仙」，這自然可以「完全不管別人的觀感」。——不管什麼時候，她就是沒法改變這一派典型的張愛玲風格。

這匹廣東土布很有日本風味，張愛玲那時經常會到虹口採購衣料，「可惜他們的衣料都像古畫似的捲成圓柱形，不能隨便參觀，非得讓店夥一卷一卷慢慢地打開來，把整個的店鋪攪得稀亂而結果什麼也不買，是很難為情的事」。張愛玲一向把日本布料當美術作品來欣賞，因為剪裁時「衣料上的圖案往往被埋沒了」，「日本的花布，一件就是一幅畫，買回家來沒交人裁縫前我常常要幾次三番拿出來鑒賞」。沒有買回的她也記得，「有一種橄欖綠的暗色綢，上面掠過大的黑影，滿蓄着風雷，還有一種絲質的日本料子，淡湖色，閃着水紋，每隔一段路，水上飄着兩朵茶碗大的梅花，鐵畫銀鈎，像中世紀禮拜堂的五彩玻璃畫，紅玻

璃上嵌着沉重的鐵質沿邊」。

那件像穿着博物院名畫的衣服並沒見諸張愛玲的文字，只是張子靜印象深刻，可能就是里弄裏小孩子追着看的那次吧，一個人穿着名畫在巷裏走動，小孩子肯定十分驚奇。張愛玲自已記載過她用老祖母留下的一床被面做衣服——那時她設計了很多服裝，女友炎櫻和她一樣會畫畫，有很高的鑒賞力，往往兩人設計好就找裁縫做，可畫來畫去，似乎仍不能滿足自己在服裝上求奇求異之心，眼睛就落在老祖母一床被面上——米色薄綢上灑滿淡墨點，隱着暗紫的鳳凰，很有詩情畫意——照炎櫻設計做了一件連衣裙，紫鳳凰圖案集中在裙的下襬和兩隻寬大衣袖上，極為別致，張愛玲與奮異常，穿了它參加一九四三年的遊園會，還與日本影星山口淑子（李香蘭）合影留念，至今照片還收在《對照記》裏：張愛玲側首低眉坐在一張白布椅上，李香蘭不動聲色站在她的身後，顯得有點委曲。讓當時紅極一時的明星李香蘭站在身後，張愛玲是很得意的，那心情肯定像穿着那幅名畫似的「遍體森森然飄飄欲仙」，不過她臉上絲毫看不出來。

張愛玲身穿老祖母夾被的照片讓人一直難忘，更難忘的是當年紅極一時的張愛玲，那時她是年輕的，甚至是青春的，她的人生傳奇才剛剛開始書寫，她用老祖母的夾被做了件滾花寬袍，這是她絕無僅有的一張顯得很漂亮的照片，撩起額髮的臉顯得溫柔而嫵媚，老祖母睡過多年的夾被完全看不出來，看見的只是朱色薄綢上有點點星星在閃爍，手臂和胸前是若隱若現的暗紫色的鳳凰——

見色則迷的驚鴻與驚艷

——前清樣式的繡花襖褲

有一次，張愛玲在舅舅家玩，翻出沒人穿的前清古朝衣裳。衣裳霉味撲鼻，張愛玲當寶貝似地拿回家，穿在身上：臉是年輕的現代的臉，穿着前清樣式繡花襖褲的身子，卻像老祖母似的，老古董似的——她就是穿着這身衣服去參加婚禮，結果參加婚宴的人不看新娘子，全把目光落在張愛玲身上。

張愛玲說過：在政治混亂期間，人們沒有能力改良他們的生活情形，他們只能夠創造他們貼身的環境——那就是衣服。張愛玲就是想要改造貼身的小環境，她寫作可以語不驚人死不休，那麼穿衣也得要衣不炫目絕不穿。關於她的幾件奇聞軼事就是：為出版《傳奇》，她到印刷所去校對稿樣，結果整個印刷所工人都停下工作，驚奇地看她的服裝。還有一次，她到蘇青家做客，整條里弄為之震動，她在前頭走，後面跟着一大群孩子，一面追，一面叫，看西洋鏡似的。我想張愛玲要的就是這效果，當時她心裏一定美滋滋的。這種領風氣之先的女子是需要很大勇氣的，從風尚角度看，最時髦的服裝，往往都是由「壞」女人帶頭穿起來

我愛霓裳

的，當年的秋瑾亦如此，她嘴裏說着「貂裘換酒」，行動也配合着，女人從她開始，脫掉裙子穿上褲子，一脫一穿表面很平常，卻有着劃時代的革命意義。

前清樣式的繡花襖褲之所以深得張愛玲青睞，在於樣式，也在於顏色。母親教張愛玲學過油畫，使她對顏色相當敏銳，清朝刺繡講究明艷色系，而且冷暖對比強烈，常用不同色系的藍對比不同色系的紅，因而顯得艷麗華貴——這樣的顏色肯定讓張愛玲入迷，她是個色迷——見色則迷，有兩句涉及到色迷對照的兒歌一直讓她難忘，並記在文中：紅配綠，看不足，一配紫，一泡屎——讀《金瓶梅》她會死死記着這一段：「媳婦宋惠穿着大紅襖，借了條紫裙子穿着，西門慶看着不順眼，開箱子找了一匹藍綢子做裙子。」讀過《金瓶梅》的人都會記得蕙蓮自縊身亡，記得她一根柴禾將豬頭豬蹄燉得稀爛，但是恐怕誰也沒有張愛玲那份細心，她從這閒閒的一筆中發現了西門慶在服裝配色上的鑒賞力——正是這個鑒賞力讓西門慶這個惡男人變得可愛起來。

張愛玲母親愛做衣，張愛玲後來回憶母親的細節之一，就是母親站在鏡子前，在綠襖上別翡翠胸針，她在一旁仰臉看，羨慕萬分，簡直等不及自己長大，迫不及待地說出那句被後世眾多粉絲們死死牢記的名言——她太想成就一番傳奇了，太想成名要趁早了，那顆迷狂激蕩的心靈，平常衣裳是包裹不住的，她只能選擇翩若驚鴻、讓人驚艷的擬古式齊膝夾襖或前清樣式的繡花襖褲。

像渾身生滿了凍瘡

——黯紅的薄棉袍

張愛玲曾回憶在繼母治下的日子，「只能撿繼母穿剩的衣服穿，永遠不能忘記一件黯紅的薄棉袍，碎牛肉的顏色，穿不完地穿着，就像渾身都生了凍瘡」。這種傷心確實痛到骨子裏，像渾身生滿了凍瘡的青紫與痛癢。對張愛玲來說，這是心靈的傷痛，隨衣服顏色深入到身體裏，「冬天過去了，還留着凍瘡的疤」。

如果不是永遠的黯紅，如果不是無休無止地就穿這一件，中國式的薄棉袍應該是一件很漂亮的衣服。有一張張愛玲小時候的照片，五六個本家姐妹兄弟搭肩並排，男女一律薄棉袍，每一個都非常可愛。她自己也多次表達過由衷的喜愛，「地下搖搖擺擺走着的兩個小孩子，棉袍的花色相仿，一個像碎切醃菜，一個像醬菜，各人都是胸前自小而大一片深暗的油漬——」「在冬天，棉襖、棉褲、棉袍、罩袍，一個個穿得矮而肥，蹣跚地走來走去。」——就是一群毛茸茸的雛鴨？《金鎖記》中長安長白是變態情慾的犧牲品，張愛玲通過衣着提前作了暗示：「在年下，一個穿着品藍摹本緞棉袍，一個穿着蔥綠遍地錦棉袍，衣

服太厚了，直挺挺撐開了兩臂，一般都是薄薄的兩張白臉，並排站着，紙糊的人兒似的。」這使人很容易就聯想到亡人靈前紙紮的童男童女，他們注定了要給那死去的靈魂陪葬。

張愛玲對黯紅薄棉袍的仇恨源自於繼母孫用蕃，在她的筆下，孫用蕃是一個惡婦，長年將一件黯紅的薄棉袍套在張愛玲身上。文字的力量太強大了，所有的讀者都認為這個後媽歹毒。我去過孫用蕃租居處，鄰居反映老太太非常高雅，晚年眼睛已經瞎了，卻非常喜歡小孩子，靠寄賣家當過日子，卻捨得給孩子吃蜜餞和糖果。張愛玲說，婆媳是一對天敵——後媽和繼子應該亦是如此，否則，不會讓張愛玲沒完沒了地穿一件黯紅的薄棉袍，那些凍瘡佈滿了張愛玲心靈，使張愛玲在那麼小的時候就寫下這樣可怕的句子：「在沒有人與人交接的場合，我充滿了生命的歡悅。可是我一天不能克服這種咬齧性的小煩惱，生命是一襲華美的袍，爬滿了蚤子。」

當然，華美的袍子不應該是黯紅的薄棉袍之類，這類棉袍是實用的，貼心貼肺、給人溫暖的那種。在《我看蘇青》裏她這樣寫道：我有一件藍綠的薄棉袍，已經穿得很舊，袖口都泛了色了，今年拿出來，才上身，又脫了下來，唯其因為就快壞了，更是看重它，總要等再有一件同樣的顏色的，才捨得穿——同一件薄棉袍，一件藍綠，一件黯紅，只因為不同的人給予，愛與恨便由此生發。其實張愛玲幾乎沒喜歡過任何人，她視世人如同路邊荒草；卻總有那麼多人喜歡她，把她當成幽谷芳草——

溫柔的爆裂

——胡蘭成的皮襖

一九四四年十二月，某個上海寒冷的冬日，張愛玲第一次穿上皮襖，《苦竹》月刊第二期出刊後，胡蘭成去了武漢。張愛玲獨自坐在火盆邊，注視着盆裏被灰燼掩埋的一點點紅，偶然碰到鼻尖，冰涼涼的，用手撫摸着身子，覺得自己像一條狗。

但凡是女人，都是願意用自己男人的錢。三毛說，愛一個男人，就是可以向他要零花錢。張愛玲和胡蘭成好時，她正走紅，作品發得特別多，書銷路特別好，稿費自然也高，不用胡蘭成養她。胡只結婚時給過她一次錢，張愛玲歡天喜地拿着去做了一件皮襖，「式樣是她自出心裁，做得來很寬大」。胡蘭成說：「她心裏是喜歡的，因為世人都是丈夫給妻子錢用，她也要。」蘇青不要，蘇青打心底也想要，比起張愛玲來，她似乎要苦一些，她這樣說自己，家裏每一個釘子都是自己釘牆上的——無奈中透着淒涼。張愛玲喜歡蘇青，形容她的可愛是，「好像是過年的白饅頭上點了紅點」，生動而貼切。

張愛玲對衣飾雖過分癡戀，但還是在可以接受的範圍，在《更衣記》裏她這樣寫道：

「逢着喜慶年節，太太穿紅的，姨太太穿粉紅，寡婦繫黑裙，丈夫去世多年之後，如有公婆在堂，她可以穿湖青或雪青。」她其實是反對着皮衣的，「穿皮子，更是禁不起一些出入，便被目為暴發戶。皮衣有一定季節，分門別類，至為詳盡。十月裏若是冷得出奇，穿三層皮是可以的，至於穿什麼皮，那卻要顧到季節而不能顧到天氣，初冬穿小毛，然後穿中毛，隆冬穿大毛——有功名的人方能穿貂。中下等階級的人比現在富裕得多，大都有一件銀嵌或羊皮袍子。」張愛玲的皮襖估計就是她說的那種「羊皮袍子」，她應該能列入有功名的人行列，只是她原本厭惡穿皮衣，為什麼又去做皮襖？估計這是她第一次花胡蘭成的錢，才女眼界再高也是女人，嫁漢嫁漢穿衣吃飯——根深蒂固的老習慣怕是張愛玲也改不掉。她這樣說過，「襖子有三鑲三滾、五鑲五滾、七鑲七滾之別，鑲滾之外，下襬與大襟上還閃爍着水鑽般的梅花與菊花」，不知道這件胡蘭成掏錢做的皮襖到底是幾鑲幾滾？

張愛玲身上有一種淒厲，一種孤絕——只有這種怪異之人，才會對色彩那樣的敏感，和心愛的男人在一起，桃紅色能聞得見香氣；繼母的棉袍穿在身上，碎牛肉般的黯淡，渾身像生了凍瘡似的。那麼這件胡蘭成的皮襖要她來形容，不知道又該說出怎樣的奇言絕句？記得曾在她文中讀過這五個字：溫柔的爆裂——用在這裏形容胡蘭成的皮襖，好像也蠻貼切。

行走時香風細細

——雙鳳繡花鞋

張愛玲和胡蘭成熱戀的時候，曾在靜安寺廟會上買過一雙繡花鞋，有一天天氣好，她和胡蘭成在附近馬路散步，身上穿了一件桃紅單旗袍，腳上就是這雙繡花鞋，胡蘭成後來在書中寫道：「我愛看她穿那雙繡花鞋子——鞋頭連鞋幫繡有雙鳳，穿在她腳上，線條非常柔和，她知我歡喜，我每次從南京回來，在房裏她總穿這雙鞋。」

張愛玲對服飾過分講究，當然也包括鞋子，鞋子也是服飾的一部分，精心打扮就是從頭到腳——胡蘭成的侄女青雲在晚年還記得張愛玲的打扮：「奇裝異服，伊是自己做的鞋子，半隻鞋子黃，半隻鞋子黑的，這種鞋子人家全沒有穿的。衣裳做的古老衣裳，哈哈哈，着旗袍，短旗袍，跟別人家兩樣的，總歸突出的。這個時候大家做的短頭髮，現在小姑娘全長頭髮，伊偏做長頭髮，跟人家突出的。」對於中國的繡花鞋子，她自己也不解，她曾在文中說，中國的繡花鞋有多繁複，居然會在鞋底雕上細緻的花紋，鏤空的花朵裝上沉香木粉，這樣在行走的時候便步步生蓮——她認為這樣沒有必要，她兒時是想穿高跟鞋、梳愛司頭的，

現在居然也穿起了繡花鞋子，並且一直到晚年。當然，晚年的張愛玲鞋子上不會繡花，但是還是平底，顏色幾乎是黑白兩色。周芬伶說，張愛玲很多鞋子都是毛巾質地的，那種鞋子有點像拖鞋，她也很懶，穿完了都不洗，直接扔掉再穿新的。

蘇青在《結婚十年》裏寫過虎頭鞋，中國式的虎頭鞋其實是繡花鞋的變種，都是桃花紅楊柳青的民間風味。蘇青是寧波人，江南民俗味頗濃，她寫道：老虎頭的鞋子足足做了十雙，有大紅綢繡黑白花的，有金黃緞黑絨花的，有湖色緞釘碎珠花的，有粉紅映五彩花的，一隻隻老虎頭上都有個很大的「王」字，眼睛斜掛，黑白分明，十分神氣。其他有船鞋啦，豬鞋啦，兔鞋啦，獅頭鞋啦，花花色色，害得紅黃綠白諸種軟皮鞋都失了光輝，顯得太簡單太古板了——蘇青形象太過健康，她應該不會穿繡花鞋，穿繡花鞋是張愛玲這樣的病美人——繡花鞋總是與老屋、梅花、紙燈籠和線裝書在一起，也許還有秋風中的簫聲、生肺病的書生。

張愛玲身材高瘦，她穿桃紅色單旗袍、雙鳳繡花鞋和胡蘭成走在春風裏，那是他們最相愛的季節，兩個人挨得很近，胡蘭成詫異地說：你怎麼這麼高呢？這怎麼可以——張愛玲「臉好像一朵開得滿滿的花，又好像一輪圓得滿滿的月亮，愛玲做不來微笑，要就是這樣無保留的開心，眼睛裏都是滿滿的笑意」。——愛如春風，心愛的人身穿桃紅單旗袍、腳穿雙鳳繡花鞋走在春風裏，用張愛玲描寫《金瓶梅》中孟玉樓的話，那肯定是：行走時香風細細，坐下時淹然百媚。

很海派的女紅

——有網眼的白絨線衫

一九五〇年，上海召開第一次文學藝術界代表大會，張愛玲應邀出席。季節是夏天，會場在一個電影院裏，她坐在最後排，穿着一件旗袍，外面罩了件有網眼的白絨線衫，使人想起她引用過的蘇東坡詞句——高處不勝寒。那時全國最時髦的裝束，是男女一律的藍布和灰布中山裝，後來因此在西方博得「藍螞蟻」的稱號。張愛玲的打扮，儘管由絢爛歸於平淡，比較之下，還是顯得很突出——沒有人能想像得出張愛玲若是穿上中山裝，那會是什麼樣子？

張愛玲做人還是有底線的，好像在幾年前一個什麼「東亞文學工作者會議」她就堅辭不就，還在報上登了一個聲明。這一次上海第一次文學藝術界代表大會，她來了，雖說是坐在最後一排，但畢竟還是參加了，她在旗袍外套了一件有網眼的白絨線衫，在一片藍布灰布的中山裝之間，她仍是另類的、突出的。張愛玲似乎對絨線情有獨鍾，這些細節應該源自於她親身經歷過的生活。從老報刊上看到過，老上海時代上海灘流行絨線衫，是一種西方傳入的時髦。一九三七年夏天，上海裕民毛絨線廠舉辦過「絨線編織有獎競賽」，參賽品樣式不拘，但得使用超過半磅的絨線。編織絨線是上海女子的時尚，張愛玲應該不會結絨線衫，但在夏末秋涼之時，她喜歡在旗袍外面套件絨線衫，她把這一習慣帶到會場上來了，這是她第一次參加共產黨官方的文化活動，似乎也是最後一次。

在張愛玲小說裏，時常可以見到結絨線、穿絨線衫的女子，「龐太太自己的眼睛也非常亮，黑眼眶，大眼睛，兩盞燈似的照亮了黑瘦的小臉，她瘦的厲害，駝着背結絨線衫，她身上也穿了一件緊縮的棕色絨線衫」。這樣的描寫在張愛玲小說裏比比皆是，在那個時代，要說什麼是最具海派特性的女人形象，我想，是結絨線。

絨線工藝自西洋傳入不過百來年，卻已與旗袍、繡花鞋、愛司頭融合在一起，構成上海近代海派賢妻良母的新形象。舊時上海女人贊同能幹，總有一句：「她一手絨線生活漂亮得不得了——」上海女人稱結絨線為「絨線生活」，是很海派的近代女紅，直到上世紀六七十年代前，結絨線一直屬中上層上海女人的沙龍式女紅。據女作家程乃珊說，在上海無時尚可言的歲月裏，絨線衫扮演着舉足輕重的角色。聰明的上海女人看一場西哈努克夫人出訪的紀錄片，一齣阿爾巴尼亞電影，不出一個禮拜，淮海路上就出現酷似「第八個是銅像」女主角那身黑白粗花呢大衣，還有莫尼克公主滑雪衫上翻出的毛皮領——都是用絨線織出來的。天生善打扮的上海女人，就是這樣用兩根竹針一團絨線，為大上海死守着那僅有的一片可憐的都市風尚，這是一個城市最後的點綴品。

旗袍外套一件網眼的白絨線衫，張愛玲這個形象是她留給大陸文壇最後的驚鴻一瞥。

我愛霓裳

孤傲清寒的唯美與雅致

——湖綠色羊毛圍巾

張愛玲筆下的曼楨特別喜歡圍巾，而且她繫圍巾的樣子很好看，曼楨好像有很多條圍巾，無論紅藍格子的還是湖綠羊毛的，都讓人喜歡。我本人很喜歡繫圍巾的男人女人，一條圍巾圍在她或他的脖子上，文雅而詩意——圍巾會把兩個陌生人距離拉近。

張愛玲這樣寫曼楨繫圍巾：「叔惠和曼楨結伴來到南京，世鈞到車站上去接他們，他先看到叔惠，曼楨用一條湖綠羊毛圍巾包着頭，他幾乎不認識她了，頭上這樣一紮，顯得下巴尖了許多，是否好看些倒也說不出來，不過他還是喜歡她平常的樣子，不喜歡有一點點改動。」沒見過張愛玲繫圍巾的照片，她把圍巾全留給她筆下的人物：「霖生卻已經抱着一捲衣服掩到這邊來了，是金芳的一件格子布旗袍，一條絨線圍巾和一雙青布搭襻鞋。」——金芳應該是另一個曼楨，或者是沒長大的曼楨，格子布旗袍、絨線圍巾和青布搭襻鞋，如此打扮的女孩子確實讓人神往，並起暗戀之心。

白先勇做學生時，見過一次張愛玲，很多年後他寫文章回憶張愛玲時，只記得張愛玲的大衣和圍巾。台灣那麼熱，用得着穿大衣繫圍巾麼？在白先勇的記憶裏張愛玲確實也沒穿，只是將大衣和圍巾搭在椅背上或手腕裏。長長的飄逸的圍巾似乎和舊式文化人脫不了干係，在《人間四月天》裏，因為徐志摩，我記住了黃磊，一樣的書生氣質，一樣的淡淡憂愁。**長長的青衫，飄飛的圍巾，發黃的書卷，在漫天的飛雪中定格成一個孤傲清寒的背影。**黃磊用圍巾來詮釋徐志摩是對的，據說徐志摩是繫圍巾最好看的男子，如果沒有圍巾的襯托，徐志摩唯美的詩人形象要大打折扣。在遇到陸小曼之前，徐志摩一直想念林徽因，因此他是梁思成和林徽因家裏的常客。一位梁家的客人後來這樣描述徐志摩：他的出現總是戲劇性的，穿着一身緞子長袍，脖子上又圍着一條英國製的精細的馬海毛圍巾——

圍巾是女人最常用的飾品，裝飾自己的身體，最出格的張愛玲連沙發套、窗簾、被單，全拿來做衣服，圍巾當然也不例外。不過拿圍巾做衣服的是她的好友炎櫻——事情多半也是張愛玲起頭。有一天她在炎櫻家玩，看到一條紫紅色的大圍巾，心動不已，那是炎櫻母親的愛物。看張愛玲喜歡，炎櫻也不管了，拿起這條圍巾就動手設計時裝，把圍巾的兩頭鉸下來縫成一件毛線背心，寬肩、掐腰，齊腰的是一排三四寸長的同色同線的流蘇兒。穿在身上，左扭右看，然後又走起台步，一步一搖，無數流蘇在張愛玲眼裏，就像一枚枚香扇墜兒。

圍巾本來是圍在脖子上的，張愛玲和炎櫻卻喜歡將它穿在身上，她們總是用圍巾當道具，然後在平淡庸常的生活裏，滿足自己的表演慾。

淡出視線的清幽

——灑着竹葉的旗袍

華裔女作家于梨華見過張愛玲，她後來寫文章說：「張愛玲很高，很重視儀表，頭髮梳得絲毫不亂，淺底灑着竹葉的旗袍更是典雅出色，長頸上繫了條紅絲巾，可不是胡亂搭在那裏，而是巧妙地協調衣服的色澤及頸子的細長。頭髮則微波式，及肩，由漆黑髮夾隨意綰住，托住長圓臉盤——我不認為她好看，但她的模樣確是獨一無二。」

張愛玲時代其實是一個風氣開放自由的時代，自由的風一如春天的風，吹開了群芳爭艷的霓裳之花。「五四」以後，一批女性作家不但以自己的作品令人刮目相看，她們自身的衣食住行也像電影明星一樣成為大眾注目的焦點——不論陳衡哲、馮沅君、謝冰瑩、凌叔華、陳學昭，還是冰心、廬隱、白薇、丁玲、蕭紅，她們大多都有過白衣黑裙的純真年代。隨着社會地位和生活角色的變化，她們的着裝也添加了更多的色彩，沒有一種專門標誌她們身份的服裝，但她們融入哪個人群，她們的服裝就適應哪個人群。從一些回憶錄中知道，冰心的衣着特別注重色彩的和諧與素淨，她所喜歡的是「娟娟的靜女，雖是照人的明艷，卻不飛揚妖冶；是低眉垂袖，瓔珞矜嚴」。蕭紅喜歡穿深色衣服，這與她在東北的地主家庭長大有一定關係。有一次魯迅對蕭紅說：紅色的上衣要配黑色的裙子才好看。蕭紅與端木蕻良結婚時，穿着一件紅紗底金絨花的旗袍，配了一件黑紡綢襯裙，在開叉處還鑲着花邊。

丁玲到延安後，毛澤東、張聞天、博古、周恩來、彭德懷等中共領導人都十分器重她，高幹夫人們爭相請她吃飯。毛澤東還專門寫了一首《臨江仙．給丁玲同志》：壁上紅旗飄落照，西風漫捲孤城。纖筆一枝誰與似？三千毛瑟精兵。昨天文小姐，今日武將軍。文小姐成為武將軍之後，她們的時裝就具有了「組織」的性質。丁玲本來也是喜歡深顏色，她二十年代在上海與胡也頻和沈從文同居時，喜歡穿紅色和黑色。他們成立了「紅黑出版社」，出版《紅黑》雜誌。姚蓬子回憶第一次見到丁玲時寫道：這大眼睛的，充滿了生的憂鬱的丁玲，捲在一件厚重的黑大氅裏，默默地坐在車窗旁邊，顯出一個沒落貴族的寂寞和尊嚴——黑大氅後來演變成了灰軍裝，女性又一次以穿上男人的衣服來實現自己的生存價值，開拓自己的生存空間，就如茅盾在《風景談》中所說，只有從髮式上，才能區分出性別。丁玲、草明、宋霖、袁靜、郁茹，她們先後穿上了列寧裝、幹部服，她們的人生價值已經不再依靠自己的衣裝去體現，而是依靠「纖筆一枝誰與似」，依靠和男人一樣的革命工作。

張愛玲嫌灰布軍裝不好看，曾經對弟弟說過類似的話：這種衣裳太刻板了，打死我也不能穿——命運又一次在看似微不足道的服飾上反映出來，喜歡另類服裝的她與那個火紅的時代格格不入，只得選擇離開，去了那個遙遠的異鄉。

低下眉眼的庸常

——喇叭袖唐裝單衫

張愛玲從來沒寫過家中女傭的着裝，無論是何干還是疤丫丫，我們都不知道她們穿什麼衣裳——可能在張愛玲眼裏，合肥鄉下女傭的衣着乏善可陳——只是有一次，她自己也穿着一件喇叭袖唐裝單衫，可能想冒充工農。那時她家女傭早已回鄉下鬧革命了，否則的話她完全不費事就向她們借一件。

那是一九五〇年或一九五一年，正是「翻身農奴把歌唱」的年代，張愛玲還沒有去香港，那時候實行配給制，配給布，發給她一段湖色土布，一段雪青洋紗，她就拿去做了一件喇叭袖唐裝單衫，一條褲子。排隊去登記戶口，就穿着這套家常衫褲。街邊人行道上擺着一張巷堂小學課室裏那種黃漆小書桌，穿草黃制服的大漢傴僂着伏在桌上寫字，西北口音，似是老八路提幹。輪到她，大漢一抬頭見是個老鄉婦女，便道：認識字嗎？張愛玲一愣，忍不住竊笑起來，咕噥了一聲：認識——心裏一時驚喜交集。她一點不像個知識分子，像個老鄉婦女，這可能正是她想要做的人，工農群眾那時候多吃香啊，知識分子遠比不上，擱前幾年，上海灘

最出名的美女作家你把她當成老鄉婦女，還問她識不識字？張愛玲不罵你小赤佬也會給你兩白果——真是此一時彼一時，生存是一種本能，就算張愛玲這樣心比天高的人，也不得不低下眉眼，心裏暗暗感謝那身喇叭袖唐裝單衫吧——它成了她的保護裝，一如戰士身上的迷彩服。

那時候老鄉婦女穿得就這麼好嗎？我頗為懷疑——喇叭袖，又是唐裝，又是單衫，還是湖色的，儘管是土布，也是夠讓人神往的。後來我想到畢竟是十里洋場上海灘，也就釋然。其實中國民間，最重禮數，穿衣是最重要的禮節，再窮困的鄉下婦女，也有一件出客衣裳，不是為自己，也是為尊重他人——胡蘭成曾說：「中國是民間亦貴，因為人世有禮。我母親在家着短襖長褲，但出台門到溪邊浣衣必繫裙子，在堂前紡棉花亦繫裙子，不但對外客，連族中長輩、堂房叔伯經過台門外進來簷頭坐坐，她亦奉茶盡敬。」

張愛玲在大陸唯一一張戶口名簿上的照片，就是穿着這身喇叭袖唐裝單衫照的，頭髮略略過耳，一張臉很大，就是胡蘭成所說的「正大仙容」，「像平原緬邈，山河浩蕩」。眉眼間完全消失了昔時的張狂，一副乖巧低眉的良家婦女模樣，所以才被同志問了一句：識不識字？正是這臉老實相「騙」了人，當她提出要去香港時，審查得並不徹底，甚至不知道她以寫作為生，批准後，同志馬上和顏悦色起來，還說她「這位同志的臉相很誠實」。

張愛玲應該感謝這件老鄉婦女穿的喇叭袖唐裝單衫，襯托出她一臉老實相，然後讓她成功離境——回過頭想一想，似乎也沒什麼好感激的，她留在大陸沒有好果子吃，但離開大陸，命運又能好到哪裏去了呢？一個人窮途命蹇，一件布衣裳哪裏能改變得了？

山澗一泓清泉

——素花低領布襯衫

不管張愛玲如何癡迷另類怪異的服裝，她最合適的，還是一類款式簡潔素淨的衣飾，比如一款色澤淡雅的素花旗袍，或者是一件素花布衣裙，這類着裝更接近我心中的才女張愛玲。

一九六〇年代初期，與賴雅結婚後的張愛玲來到台灣，台大中文系一些搞寫作的大學生盛情接待，其中有後來在文壇產生很大影響的作家王禎和、白先勇。張愛玲很喜歡王禎和小說中的鄉土風情，和他結伴一起來到他的家鄉花蓮，尋老街古屋，看草木牛羊，晚上就住在王禎和家裏。從保留的老照片上看，張愛玲那次花蓮之行穿的是一件素花低領布襯衫，皮膚白嫩，顯得年輕而漂亮。後來許多回憶文章中都提到，張愛玲在花蓮顯得非常年輕，以至於花蓮很多老鄉都認定她是王禎和的女朋友——其實張愛玲當時應該有四十歲上下，和王禎和差不多是兩代人，但她一向偏瘦，人並不顯老，穿一件素花低領布襯衫和年輕的台大才子行走在原始的青山間，怎麼看都協調，怎麼看都好看。

張愛玲一向尖銳與疼痛，這肯定與她的經歷有關，其實她那麼小就急吼吼地叫嚷着「我八歲要梳愛司頭，十歲要穿高跟鞋」，小人精的作派讓人有點不舒服；還有她迫不及待地宣言，「成名要趁早呀，否則快樂也不那麼快樂」，多少也有點輕狂。我喜歡她的恬靜與溫和，喜歡她的清素與淡雅——《對照記》裏有兩幀張愛玲與炎櫻的照片，張愛玲一身短袖花襯衫，走在炎櫻身後笑容恬淡。那是一件細花短袖布衫，似乎在下襬處還像現在的時尚青年那樣隨意鬆鬆地挽個結。看似隨意普通的着裝，其實處處顯示張愛玲的匠心——在服飾上張愛玲從來不曾馬虎潦草過。她自己曾這樣說過：「削肩，細腰，平胸，薄而小的標準美女在這一層層衣衫的重壓下失蹤了，她的本身是不存在的，不過是一個衣架子罷了。中國人不贊成太觸目的女人——因為一個女人不該吸引過度注意，任是鐵錚錚的名字，掛在千萬人嘴唇上，也在呼吸的水蒸氣裏生了銹。女人要想出眾一點，連這樣堂而皇之的途徑都有人反對，何況奇裝異服，自然那更是傷風敗俗了。」對服裝出格的危險她其實心知肚明，可還是要往出格的路上奔。凡出格的女人，一定是獨特的女人，她在方方正正的格子裏待不住，或者是世俗規矩安妥不了她的心。

《對照記》裏另收入兩幀張愛玲少女時的照片，她和姑姑站在一起，姑姑一身月白色旗袍，張愛玲一身素淨半袖旗袍，姑姑輕攬她的腰，兩個人說到開心處，會意的笑寫在臉上。張愛玲微微帶着羞怯，清瘦高挑的身材，額髮遮了眉眼，那一身素淨的長袍修長、飄逸，說不出的美感與雅致，既不搔首弄姿，也不故弄玄虛，這樣子才是清純秀氣的女孩子，宛若山澗一泓清泉或原野一縷春風。

暮年的哀與痛

——綠底白花的毛衣

一九九四年，張愛玲獲得台灣《聯合報》終身成就獎，她給報社發來了生前最後一張照片，照片上她身着一件很普通的毛線衣，綠底白花，就是一件市井老太太穿的衣服，她也真的成了一個老嫗——少女時代那些出格另類的寬袍大袖早已霉爛，她的作品也在大陸被封存，和胡蘭成的傳奇愛情早消逝於歷史雲煙中。胡蘭成已去世十三年，而賴雅也差不多去世近三十年，好朋友蘇青早已辭世，最親密的姑姑於三年前去世，最要好的炎櫻也成風中之燭，於一年後的六月去世，三個月後，她自己也緊隨炎櫻，駕鶴西去——

此時的張愛玲心如古井，她只穿毛衣，最最普通的綠底白花毛衣。毛衣曾經是上海灘的新時尚，在小說裏張愛玲多次細緻描寫過：「總是看見她在那裏織絨線，織一件大紅絨線衫。今天天氣暖了，她換了一件短袖子的藍竹布旗袍，露出一大截肥白的胳膊，壓在那大紅絨線上面，鮮艷奪目。胳膊上還戴着一隻翠綠燒料鐲子。世鈞笑向曼楨道：今天真暖和。曼楨道：簡直熱——」如今，到了老境，她自己只穿毛衣。據專家考證，此張照片上的張愛玲戴的其實是假髮套。在張愛玲的遺物中，竟然有十幾頂長短不一、樣式不同的假髮。晚年的張愛玲得了皮膚病，不得已之下，她把頭髮剃光了——她曾經那麼愛美，為了完美不惜一切，即便到了晚年，她肯定也不願意頂着光頭見人，所以就買了很多假髮來戴。她有一句名人名言：人生是一襲華美的袍，上面卻爬滿了蝨子——這一句彷佛是讖言似的，在她身上得到驗證。張愛玲的研究者周芬伶說，晚年的張愛玲患上了一種「恐蝨症」的心理疾病，每當她情緒焦慮的時候，就總感覺房間裏有蝨子，為了躲避假想中的蝨子，她在晚年不停地搬家，據說搬了有幾百次。

再爭強好勝的女人，其實也無法戰勝命運，即便如張愛玲這樣的女人也不能例外，因為你可能會遭遇到命運的無情捉弄，這生命裏的蒼涼任是誰也不可抗拒——張愛玲無疑是不服老的，在晚年她還不太老的時候，她會穿紫色襪子、粉底拖鞋，還購置許多時裝：有香奈兒風格的圓領大衣、駝色繫腰帶的別致大衣、象牙白的改良連衣裙、有着俄羅斯風格藍底白條的連衣裙，看起來很像女學生的制服。還有紅綠花色夾雜、具有濃郁中國風情的連衣裙——在張愛玲的遺物中，還有很多寬大的、顏色鮮艷的腰帶。「張愛玲很喜歡穿寬大的衣服，再在腰間繫一條皮帶，她的身材又高又瘦，她知道自己怎樣穿才會好看。」周芬伶無奈地表示，雖然張愛玲的衣服樣式獨特，但是價格卻很是一般，她在美國的生活一直很拮据，很窮困，她買衣服的地方都是很小、很低檔的商店，衣服裏也沒有一件是真正的名牌。

曾經那麼愛完美的張愛玲，晚年竟然剃了個光頭，穿最普通的毛線衣，這是張愛玲的哀與痛——這樣的悲傷乃至絕望，每一個女人到了暮年都會遭遇到。

黃昏中的蝙蝠

——近乎灰色的燈籠衣

晚年的張愛玲一直躲着不願見人，而且還不停地搬家，好像一隻黃昏時分出現在灰暗天空的蝙蝠。張愛玲此時的衣服也頗有點蝙蝠味道，林式同記得晚年張愛玲穿過一件燈籠衣，又高又瘦的張愛玲穿起燈籠衣，就像從黃昏中飛出來的蝙蝠——

林式同是晚年張愛玲在美國的聯繫人，張愛玲居無定所，代理她個人事務的，給她聯繫搬家的，只有這個有俠義心腸的建築商——林式同。林式同甚至沒讀過張愛玲的書，也不知道張愛玲的價值所在，這省去了明星作家與粉絲之間的「纏夾」。一個對張愛玲生活如此重要的人，他們在長達十幾年的交往中，也僅僅只見過兩次面，真讓人匪夷所思。第一次見面是一九八四年，張愛玲主動打電話約林式同在一家汽車旅館見面，「十點整從旅社的走廊上快步走來一位瘦瘦高高的女士，頭上包着一幅灰色的方巾，身上罩着一件近乎灰色的寬大的燈籠衣，就這樣無聲無息地飄了過來」。這一次僅僅持續五分鐘的見面給林式同留下極其深刻的印象，林式同的一支筆也好生了得，他筆下的張愛玲「身上罩着一件近乎灰色的寬大的燈籠衣，就這樣無聲無息地飄了過來」。這不是蝙蝠是什麼？也可以是落葉，只有落葉才可以用飄字來形容。偷張愛玲垃圾的戴小姐倒是將張愛玲形容為葉片——「她側身臉朝內彎着腰整理幾隻該扔的紙袋子，門外已放了七八隻，有許多翻開又疊過的舊報紙和牛奶空盒。她彎腰的姿勢極其雋逸，因為身體太像兩片薄葉子貼在一起，即使前傾着上半身，仍毫無下墜之勢，整個人成了飄落兩字。」——戴小姐不愧為職業寫手，用字用詞極為準確，只是不知道她說的薄葉子，是樹葉還是草葉？

要張愛玲拒絕妝扮，就是等於讓她死。印象中她只有一個時期疏於打扮，那就是在繼母治下生活，她沒完沒了地穿一件繼母的舊衣，全身像生了凍瘡，可見有多嫌惡，一直到七十三歲，還沒忘記當年的舊事：「我穿着我繼母的舊衣服，她過門前聽說我跟她身材相差不遠，帶了兩箱子舊衣來給我穿——她說她的旗袍料子都很好的，但是有些領口都磨破了，只有兩件藍布大褂是我自己的，在被稱為貴族化的教會學校上學，確實相當難堪。」當時學校裏醞釀着制定校服，張愛玲表面不置一詞，內心裏卻非常渴望，倒並不是因為白襯衫、十字交叉的背帶裙有多漂亮，主要是校服一穿，學生的貧富差別看不出來，最起碼她不必再穿繼母那些磨破了領口的舊衣裳。

晚年的張愛玲也不再精心打扮，只是隨便套一件近乎灰色的燈籠衣——這時的她既沒錢財，也不再有心情，前生蒼涼，後世蠻荒，一件近乎灰色的燈籠衣，就代表了她幻滅的心境。

少女般溫柔的一瞥

——煙紫色襪子

張愛玲晚年酷愛灰白顏色，那是她蒼茫蒼涼心境的折射，但張愛玲就是張愛玲，即便心如死灰，也會對某一種浪漫顏色投以少女般溫柔一瞥，哪怕明知這顏色已不屬於自己，那也要愛它——這種顏色便是紫色，煙紫色，是最時尚少女唇膏的顏色，是韓劇裏鋪天蓋地的薰衣草的顏色。

一九八八年，台灣有個叫戴文采的記者，在張愛玲毫無防備的情況下，竟然跟蹤到她在美國洛杉磯的居住地，潛伏在張愛玲隔壁長達數月，獲得了張愛玲的一大包垃圾。那時張愛玲已是七十高齡的老嫗，身染嚴重的皮膚病，牙齒也壞落了許多，垃圾袋裏有食品空罐頭，寫了不連貫文句的信封，更多的是張愛玲的襪子，一律偏紫色，有煙紫、青紫、粉紫。七十高齡的老人還能穿紫色襪子嗎？也許張愛玲根本就沒打算要穿，但她控制不住仍要買，哪怕買回家只是為了輕輕撫摸，哪怕買回家只是為了丟棄——台灣作家白先勇先生說：「我是見過張愛玲的，是在上世紀六十年代的台北。那是一個很熱的夏天，餐廳裏的空調開得很冷，她就坐在我的左邊，和我的同學王禎和說話。那天張愛玲把一件紫色夾衣搭在一邊，她人很瘦，透明的手背露出淺淺的青筋——」白先勇記得很清晰，也是一件紫色的夾衣，那時候張愛玲還很年輕，她後來跟着王禎和到他鄉下老家去玩了很多天，八卦小報說張愛玲與王禎和有私情。

紫色是張愛玲小說中的常用色，《茉莉香片》中的馮碧落，為了顧及言子夜的前程和家庭聲望，接受了父母的婚約嫁給了聶介臣。張愛玲對她用了一種「中國式的象徵」，概括了千百年來中國女性的家庭生活：「她不是籠子裏的鳥，籠子裏的鳥，開了籠，還會飛出來，她是繡在屏風上的鳥——悒鬱的紫色緞子屏風上，織金雲朵裏的一隻白鳥。年深月久了，羽毛暗了，霉了，給蟲蛀了，死也還死在屏風上。」在《穿衣記》裏，她一如既往忘不了紫色：「配着浮萍和斷梗的紫的白的丁香，彷彿應當填入《哀江南》的小令裏；還有一件，題材是——雨中花，白底子上，陰戚的紫色的大花，水滴滴的。」她對顏色的想像奇特而怪異，進而挑剔到無以復加——那是沉重幽婉至不可說的一種絕望，絕望是傳染病，在她的文本中一直蔓延，迅速蔓延。

很多小資女性喜歡模仿張愛玲，泡咖啡館，吃栗子蛋糕，穿煙紫襪子，着寬袍大袖，可是張愛玲是學不來的，她是百年李鴻章家族、是百年老上海浮華孕育出的一個異數，一個妖巫或精靈，還是煙紫色的。

不曾明亮的人生底色

——暗灰色薄呢窄裙

晚年張愛玲最常穿一件輕便襯衫和一套暗灰色薄呢窄裙，這時候在她身上，你完全看不到當年上海灘霞飛路上那個寬袍大袖、標新立異的倩影，她就是一個平平常常的老太太，用她早年對胡蘭成的話說：離開你，我就只有萎謝了——她確實是萎謝了，萎謝成一縷煙灰。

胡蘭成曾經這樣評價過張愛玲：如果拿顏色來比喻她的小說和散文，其明亮的一面是銀紫色，其陰暗的一面是暗灰色——暗灰色是夜晚的顏色，是張愛玲家古墓似的清末民初老房子的顏色，是從高樓上眺望老上海時那種蒼蒼茫茫的顏色，這是不是就是她提到過的煙痕色？煙留下的痕跡？人生渺茫，往事如煙，青煙一縷飄散之後是不留任何顏色的，煙痕色應該是煙灰色，還是灰色？一如張愛玲筆下的人生和她自己的命運。張愛玲曾經是戀衣狂，每個女人在條件許可的時候，都會有或輕或重的戀衣癖。生活在上海灘的世家，張愛玲戀的衣癖無可救藥，她喜歡一切深艷明麗的顏色，那些藍紫、赭黃、靛藍、青黑、紫紅，那些鐵銹紅、深粉紅、蘋果綠、中庸藍、煙痕色——所有大自然的顏色在她眼裏是不夠的，她喜歡發現新的顏色，比如她常用一個詞：珠灰——珠灰是什麼顏色？是不是荷葉乾枯的顏色？或者是隔夜煮蠶豆的顏色？

張愛玲是灰色的，她亦喜歡在小說中描寫灰色——「曼楨在冬天去南京玩，爬山爬到一半，凍瘡破了，因為她腳上只有一雙瘦伶伶的半高跟灰色麂皮鞋。」暗灰色是令人厭倦的顏色，可在張愛玲筆下，它變得親切起來，正像是她說的那句話：我愛你，是我的事，不關你的事——她不可救藥地喜愛灰色，或者說是某個時段愛上它。據說她離開大陸前參加過一次會議，深灰色衣服外，套一件罩衫，在人群中顯得十分醒目。林式同多年以後回憶他與張愛玲最後一面時寫道：「頭上包着一幅灰色的方巾，身上罩着一件近乎灰色的寬大的燈籠衣，就這樣無聲無息地飄了過來」——一身灰色，而且還是無聲無息地飄了過來，這多像一片紙灰。近年在張愛玲所有書籍中，我喜歡北京出版社那一套，深色系封皮上浮動的暗灰色繁複花紋，與張愛玲的顏色十分契合。有風吹過灰色封面，拂起一頁頁文字，那些發生在香港、上海的紅塵往事，也只能沉凝於晚風中。

一九九五年九月八日，張愛玲的遺體被發現——她死得相當安靜，彷彿只是睡着了。衣衫整齊，神態安詳，躺在門前的一方藍灰色地毯上，身邊放着裝有遺囑的黑皮包——藍灰色地毯，可能還有那套伴隨她整個暮年的暗灰色薄呢窄裙。暗灰色，是張愛玲人生底色，在心頭或是在眉頭，她從來不曾明亮過。

接近於傷心碧的色澤

——淺藍色綢旗袍

蘇青在小說《結婚十年》中寫道：「老黃媽替我拿來件綢旗袍，淺藍色，像窗格子外面的悠悠天空。我把它披在身上，似乎覺得寬寬綽綽地，只有靠腰圍一部分顯得窄些。我半對着老黃媽，半像自言自語地抱怨道：怎麼滿月了肚子還不小呀？怪難看的——垂下頭瞧自己拂地長的旗袍下襬時，只覺得一切都空蕩蕩的，好像做了一場夢。」

《結婚十年》通篇是「我」的口述，有蘇青的自傳性質，淺藍色旗袍出現在蘇青小說中好像不協調，它應該是張愛玲的衣飾，可能那時候蘇青婚後不久，剛剛才生孩子，她還保留着大小姐的嫻雅，所以她還幻想着要穿淺藍色綢旗袍。當她孩子一個個出世，一直到有了第三個，可以在她身後排成一隊時，風雨這時候才驟然而至——有一天，她伸出手，手心是向上的，朝老公要錢家用。這時候老公也伸出了手，手心卻是向下的，並且直撲過來，甩在她的臉上，緊接着甩下一句話：你也是知識分子，為什麼你花錢找我要？一巴掌將蘇青打懵了，也打醒了，她帶着一支筆，帶着三個嗷嗷待哺的孩子殺入男人群討飯吃——這種生活重麼決定她與張愛玲人生觀的不同，反映在穿衣戴帽上，便是很大的分歧——嫁漢嫁漢，穿衣吃飯，她嫁了漢，飯吃不上，衣更穿不成，她不會再對男人抱有點滴幻想。張愛玲不會這樣，起碼現在不會，男人還沒有傷透她的心，她初嚐蜜糖，蜜糖後面緊跟着的是黃連，她還沒有吃到，她不會相信。女人都會弱智，非得苦到她齜牙裂嘴才會相信——

文人相輕在這裏是錯的，觀念的差異並不妨礙她們做一對姐妹，張愛玲對記者說過這樣的話：只有拿她與蘇青相比她是心甘情願的。

蘇青的女兒李崇美說：「媽媽和張愛玲常常交換衣服穿着，從來不分彼此。」真的是好，好到可以換褲子穿——都說女人之間沒有友誼，到了換褲子這一步，這已不是友誼二字可以概括，應該是莫逆之交。其實張愛玲若真要和蘇青換衣服穿，蘇青的衣服可能沒幾件她看得上，就一件中規中矩的黑呢大衣（遠不比她的擬古式齊膝夾襖或前清式樣繡花襖褲），就是給她她也未必肯穿。金性堯說蘇青是穿女式人民裝的，「當時傾國傾城的婦女都是清一色的，要知道在五十年代，這便是風靡一時的女式時裝了。蘇青為什麼不穿？這就是蘇青利落的地方，要是換了張愛玲，麻煩就大了。其實，旗袍裝和人民裝究竟有什麼區別？一樣是取暖的」。蘇青想得很透——

蘇青晚年吐血而死，連中醫出診費一次一元都付不起，那是一九八二年，她的《結婚十年》還在禁書之列。蘇青的骨灰被女兒帶到國外，她在大陸什麼也沒有，在我的記憶裏，她一直穿着那件小說中出現的淺藍色綢旗袍——一件淺藍色綢旗袍，才讓她一生不枉做一個女人、一個媽媽。

我愛霓裳

最普通的着裝美學

——飾暗紐的黑呢大衣

有一年秋天，蘇青做了件黑呢子大衣，在試樣子的時候，要炎櫻和張愛玲幫她看效果。她們三個人一同到那時裝店去，炎櫻說：「線條簡單的於她最相宜。」把大衣上的翻領首先去掉，裝飾性的褶襉也去掉，方形的大口袋也去掉，改裝暗紐。蘇青漸漸不以為然了，用商量的口吻說：「我想——紐扣總要的吧？大家都有的，沒有，好像有點滑稽。」

也只有蘇青才會做黑色的呢大衣，換作張愛玲，她絕對不會選黑這種顏色，而且還是呢大衣，穿在身上，像結了一層厚厚的殼——蘇青與張愛玲是閨中密友，但蘇青與張愛玲不同，她是一位職場女士，一個在男人堆裏混飯吃的女人。一個弱女子，後面跟着三個孩子要飯吃，容不得她柔弱，身上彷彿也沾染上男子的決斷與豪氣。胡蘭成曾這樣說過：女娘筆下這樣大方，到是難為了她。張愛玲呢，她是富家千金，更多的是一派富貴閒情，反映在穿着打扮上，那也是絕然不同的兩個人。張愛玲曾提到過蘇青的衣着：「對於蘇青的穿着打扮，從前我常常有許多意見，現在能夠懂得她的觀點了，對於

她，一件考究的衣服就是一件考究的衣服，於她自己，是得用，於眾人，是表示她的身份地位——蘇青的作風裏極少有玩味人間的成分——」與其是誇，不如是貶。蘇青自己對穿戴有一套頗為實用的觀點：「又如在裝飾方面，女人知道用粉撲似的假乳房去填塞胸部，用硬繃繃的緊寬帶去束細腰部，外面再加一襲美麗的，適合假裝過後的胸腰部尺寸的衣服來掩飾一切，這是女人的聰明處。愚笨的女人只知道暴露自己肉體的弱點，讓兩條滿是牛痘疤的手臂露在外面，而且還要袒胸，不是顯得頭頸太粗，真是糟糕！」

蘇青的着裝美學就是一件黑色呢大衣，還讓張愛玲去掉明扣改成暗紐，黑雖黑，不失為一件特別的衣服。張愛玲筆下另一件黑色大衣也讓人難忘，那是胡適穿的，胡適是讓張愛玲唯一可以屈尊的男子。胡適祖上似乎和張愛玲家族來往過，胡適和張愛玲姑姑還打過麻將。在美國，他來看張愛玲時，「圍巾裹得嚴嚴的，脖子縮在半舊的黑大衣裏，厚實的肩背，頭臉相當大，整個凝成一座古銅半身像。我忽然一陣凜然，想着：原來是真像人家說的那樣。而我向來相信凡是偶像都有粘土腳，否則就站不住，不可信。我出來沒穿大衣，裏面暖氣太熱，只穿着件大挖領的夏衣，倒也一點都不冷，站久了只覺得風颼颼的。我也跟着向河上望過去，微笑着，可是彷彿有一陣悲風，隔着十萬八千里從時代的深處吹出來，吹得眼睛都睜不開」。

悲風吹着胡適、蘇青的黑大衣，斯人都消失在時代一陣又一陣悲風中，只有一件黑大衣，還在「時代的深處」飄搖。

被臭美與八卦的衣裳

——沙漠綠的中國襖

炎櫻和張愛玲一樣喜歡臭美，酷愛打扮，在街頭看到奇裝異服，總得要回來八卦一下。有一次，她在路上看到一個女人打扮特別，回家就寫信告訴胡蘭成：「今天我看見一個女人，嬌小的——穿了沙漠綠的中國襖，腰部勒緊了，下面大出來，廣袖。一九二〇年的上裝，下面卻穿了近於防空褲的，柔軟地打了褶的深藍褲子，一雙明藍繡花鞋。她臂膀裏夾着個花布包袱，髮髻低低地窩在頸項背後。她走路的擺動也有風韻，這邊搖到那邊，像一把扇子上的圖畫，只差看見畫家的簽名在左近那裏——」我估計炎櫻至少跟了三條街，否則不可能觀察得那麼細緻。

新新公司附近立了個遊藝場的廣告，畫的是許多女人在跳舞，蘇青認為畫得很惡俗，「單穿了件短短的淡紅背心，腕際和腳踝上各圍了一捲水鑽閃光藍荷葉邊，短短的紅白手腿——」但炎櫻認為好看，「那淺紅的鵝蛋臉，人情味極濃的笑眼，都是像極了蘇青——不過需要細看，初看許多舞者都是一個臉呢？」炎櫻為此常常帶張愛玲特地多走一些路繞到那邊去看，並說：「去看看蘇青好麼？」張愛玲一怔，炎櫻便再加上一句：「——我們的蘇青。」

有一段時間，張愛玲總在路上遇到一個德國猶太女裁縫，這讓她很恐怖，因為每次見面，如果恰巧穿得不是特別好，張愛玲會覺得自己有一副寒酸相——那個德國女裁縫總是用笑嘻嘻的眼光把人從頭看到腳，還要伸出手來把她的衣服摸摸捏捏，滿臉嘲笑的樣子，幾乎讓人憤怒——張愛玲總是沒有好臉色，忍不住虛榮地說：「這件不好，我家裏還有好的哩！」**在着裝上張愛玲容不得別人瞧不起她，可她這番話說出來更讓別人瞧不起，因而她心情就變得更糟糕——服裝是導致她心情好壞的主要因素。**

在這一點上炎櫻比她心理承受能力強，雖說是洋妞，又是胖姑娘，可她從不在乎別人的眼光，由着性子打扮，然後招搖過市，一街的人看着她，她照樣自我感覺特好。有一段時間上海人亂穿衣，比如軟緞不適合做運動衣，或是男式的裁剪，可是上海男人照穿。又有一種嚴肅沉重的男性化的嗶嘰，被上海女人做成一件浮體的女性化的外套，而且上面除了繡花之外還有蝴蝶結，讓人看不下去。她又寫信告訴胡蘭成：「我並不是一味拘泥的人，但是這一類的東西看上去就是不對而且不好——有一個中年太太，頭上戴了極粗的有色絲套，每一個太陽穴上綴一個透明的大蝴蝶結，蝴蝶結本身當然並不壞。我甚至於想到把——灰藍與紅的一千元鈔票繫兩張在頭髮上，不是很俏皮的麼？到舖子裏吃東西，付賬的時候可以叫侍者在我的頭上現摘。」

張愛玲和炎櫻相好了一輩子，這在張愛玲來說是很罕見的。

別出心裁的任性與誇張

——繡有粉紅蟠桃的圍嘴

炎櫻和張愛玲一樣在衣着上喜歡誇張、任性、別出心裁，並且永不滿足。張愛玲喜歡把家裏被面、窗簾、沙發套等一應物品拿來做服裝；炎櫻呢，逮到媽媽的圍巾、小孩的圍嘴什麼的，只要有特別之處，統統不肯放過，比劃着要套在身上點綴一下。

炎櫻有次參加一個聚會，就套着個小孩防口水滴落的圍嘴子，她後來得意洋洋地告訴張愛玲，她是那天晚上最受歡迎的女嘉賓——原因是聚會到最後玩一種遊戲，主持人宣佈向「最智慧的鞠躬，向最美麗的下跪，向你最愛的接吻」。許多人跑到她面前來亂吻一氣，炎櫻認為那天晚上她能成為男士「最愛」，完全取決於那個繡有粉紅蟠桃的圍嘴。她說：「我穿了黑的衣裳，把中國小孩舊式的圍嘴子改成了個領圈——你看見過的那圍嘴子，金線托出了一連串的粉紅蟠桃，我實在是很好看。」她在張愛玲面前忍不住自戀起來——她和張愛玲一樣，只要好看，什麼都敢穿，什麼都敢戴。

炎櫻和張愛玲在一起什麼話都說，就說不正經的話，並且從來不避胡蘭成。在炎櫻眼裏，好像胡蘭成有一半是她的，她每次給胡蘭成寫信，開頭總是很奇怪的稱呼：「蘭你——」蘭你？這是什麼叫法？有點曖昧？有點親近？也有點肉麻，張愛玲不以為意，她對炎櫻是不設防的——大陸解放後炎櫻不回故鄉斯里蘭卡，卻跑到日本去了，這有點讓人想不通。張愛玲後來也去日本找她，最後失望而歸，那時候胡蘭成也在日本——

不知道為什麼炎櫻經常寫信給胡蘭成，並沒有多少實質內容，全都是雞毛蒜皮，並且常常有頭無尾，可她照樣自說自話，津津有味。在一封信上她這樣對胡蘭成說：我小時候聽見廣東人說一個顏色很「雅」，有一種新鮮透明的翡翠綠，他們說「雅」，我便大聲抗議：「它不『啞』，它會叫的！」——我希望能做一件暗啞的、無情的藍衣服，我想也是很「雅」的——她在賭氣，她常常會有賭氣的一面，像個孩子，並且有點無法無天，張愛玲正缺少這種膽大妄為，炎櫻給了她膽量，她們在一起應該是互補的。

張愛玲和炎櫻有一天談起晚年的衣着，炎櫻說：不管我將來嫁給印度人或是中國人，我要穿印度的披紗——石像的莊嚴，胖一點瘦一點都沒有關係。或者，中國舊式的襖褲——張愛玲聽了很興奮，說：我也可以穿寬大的襖褲，什麼都蓋住了，可是仍舊很有樣子；青的黑的、褐黃的，也有許多陳年的好顏色——

後來她們穿了沒有？沒有，她們沒有穿很雅的翡翠綠，也沒有戴那種繡有粉紅蟠桃的圍嘴子，她們就穿近乎寬大的燈籠衣，或綠底白花的毛線衣，她們就是兩個毫不起眼的老太太，就像張愛玲筆下的曹七巧。

妖冶的欲藏還露

——花綢子衣料的圍巾

《對照記》裏收有幾張張愛玲故作性感的照片，是炎櫻拍的。炎櫻有一架小照相機，沒事喜歡來給張愛玲拍幾張，兩個人關在房間拉上窗簾，像所有喜愛明星的小姑娘一樣，擺出搔首弄姿的造型，然後炎櫻一通狂拍。清純的、妖冶的，還嫌不夠，就來幾張性感的——張愛玲裸着雙肩，作陶醉狀，一塊花綢子衣料，隨手拿來做了她的圍巾，半遮半掩，欲藏還露——

炎櫻是個智慧超群、品位脫俗的女孩，張愛玲的閨中密友，想來不會愚鈍。在張愛玲筆下，她皮膚棕黃，很胖，一頭亂蓬蓬的頭髮，張愛玲寫女子亂髮，形容為「像一擔柴堆在肩上」，這一句用在炎櫻身上很貼切。炎櫻似乎不愛穿衣，也許是她肥胖的身材讓她在衣着上有所限制。蘇青也如此，蘇青並不胖，可是經濟拮据，不能讓她像張愛玲那樣見衣則迷。炎櫻有一張和張愛玲的合影，上身一件白短袖衣，與白鞋遙相呼應，及胸的裙子在黑白照片上看不出顏色，想來應該不是藍就是黑——白上衣的領口、袖口的顏色與裙子相對應。寫到這裏忽然想到，裙子應該是黑色的，黑白才會分明，而且是很黑的那種黑，用炎櫻自己的話，那就是「非常黑，那種黑是盲人的黑」。

張愛玲的另一個密友蘇青也似乎不太講究衣着，在張愛玲筆下，就見她做過一件黑呢大衣，還讓張愛玲連紐扣都去掉了。不過在蘇青筆下，有的是對衣飾的描寫，僅僅是送一個滿月禮，你看有多少件衣裳：「母親送來的東西又是一大堆，僧彌小襖一百二十件，棉的單的夾的都有，滾領的顏色又不肯與衣服盡同，有的還繡花。我知道這裏有許多是五姑母費心設計的，選料子配顏色繡團花都是她的拿手本領。我這次養了女孩，定給母親以大大失望，但同時也給五姑母以大大方便吧？女的總可以打扮得花俏些，蓮紅的，橘黃的，湖藍的，蔥白的綢子，織着各式各樣的花紋，有柳浪，有蛛網，有碎花，有動物，有簡單圖案，有滿天星似的大小點子，有浮雲掩月般的一種顏色遮住另一種的，分也分不清，數也數不出，瞧得人眼花繚亂。此外又是各式跳舞衣一百二十件，連衣裙子也有，圓筒狀的也有，長短袖的都有，沒有一件同式樣，沒有一件類似顏色，我真奇怪她們都是打哪裏挑選來的。原來當我寂寞地獨臥在床上的時候，她們都熱鬧着東奔西走選衣料去了，兀不氣惱煞人。除了這兩批以外，尚有小大衣啦，絨線衫啦，背心啦，披肩啦，形形色色，共有三百六十件之數。」——

如果用季節來形容張愛玲、蘇青和炎櫻，蘇青像春天，炎櫻是夏天，張愛玲就是秋天——用秋天來形容她還嫌不夠，只有用冬天，她整個就是一個寒冷的冬天。好像張愛玲傾心的衣服全是冬天的衣服，比如寬袍大袖，比如繡花襖褲，還有這一塊花綢子衣料替代的圍巾。

二、筆底霓裳

賣弄到極致的誘惑

——潮濕綠曳地長袍

張愛玲用色十分奇特，這也是可以理解的，否則的話，她就不叫張愛玲了。在《紅玫瑰與白玫瑰》裏，振保見到嬌蕊：她穿着的一件曳地長袍，是最鮮辣的潮濕的綠色，沾着什麼就染綠了。她略略移動了一步，彷佛她剛才所佔有的空氣上便留着個綠跡子——這時的綠色對振保而言，充滿了誘惑。一段即將爆發的感情，在通紅的火焰升騰之前，是到了極點的綠，這是所謂的翠綠欲滴，所以是鮮辣的，是潮濕的。

張愛玲從小酷愛畫畫，所以她對顏色極其敏感，她自己就說：顏色與氣味常常使我快樂。她用色是印象派的莫名其妙，可她就是敢用，「莧菜上市的季節，我總是捧着一碗烏油油紫紅夾墨綠絲的莧菜，裏面一顆顆肥白的蒜瓣染成淺粉紅」。紫紅夾墨，只有她才敢這樣染色。「路邊凹進去了一塊空地，烏黑的沙礫，雜着棕綠的草皮，一座棕墨的小洋房，泛了色的淡藍漆的百葉窗，悄悄的，在雨中，不知為什麼有一種極顯著的外國的感覺。」正是這些顏色，替《留情》裏的男主角米晶堯敘說了自己的心情，他想起了過去的那些對打對罵的日子：「沒什麼值得紀念的快樂的回憶，然而還是那些年青的痛苦，倉皇的歲月，真正觸到了他的心。」心慌意亂時，她看到的街景是這樣的：強烈的初秋的太陽曬在青浩浩的長街上，青浩浩的長街上那樣擁擠——然而，《心經》裏的小寒，因為龔海立向她辭行，她是惆悵無着的——全是不常見的或者根本就沒有的顏色，棕綠的草皮、棕墨的小洋房、淡藍漆的百葉窗、青浩浩的長街，都是張愛玲喜愛的顏色，她用畫筆在小說裏隨意塗抹。

女人，特別是一些搞寫作的女人，病態似地癡迷某種不為人知的顏色，從李碧華的鶴頂紅到李後主的天水碧，一律如此——美食養才女的胃，美色養才子的眼，在潛意識裏，我是把李後主當女人來看待的，這個男子和女人相比，也就是多了一把鬚眉，實則他是一個女人似的男人，帶着宮女在花蕊間收集露水染衣，把風雅發揮到極致，也把顏色賣弄到極至。所謂天水碧，也就是某種青色，某種芳草上的露水顏色，類似於張愛玲筆下的潮濕綠，只是顏色更清淡一點，一如一場春雨後，柳煙籠了一汪青草池塘。穿潮濕綠曳地長袍的女人是最有風情的女人，這樣的女人是性感的、情慾的，稍稍有點賣弄風騷，這是很多自我感覺良好的少婦的本能，她們對顏色敏感到無以復加，一身潮濕綠的曳地長袍從老洋房裏款款而出，一個俗艷的故事不可扼制地要開始了。

記得看過一次張愛玲遺物展，一件墨綠的連衣裙印象最深，隔世衣物依舊散發裊裊沉香，曾經的華麗與蒼涼都付與斷井頹垣，難怪李碧華說張愛玲是一口古井了，怎麼淘都淘不盡——我想張愛玲若真是口古井，井口應該長滿了潮濕綠的青苔。

風情萬種的浪漫

——紫色電光綢的長裙

葛薇龍這個人物好像是張愛玲的專職模特，張愛玲心儀的服飾總是讓她在小說裏先穿，她想穿紫色電光綢長裙子跳倫巴舞的那段讓人印象深刻，那是風情萬種、活力四射的葛薇龍，似乎要從書頁上跳下來。如果《沉香屑．第一爐香》要拍電影，薇龍這個人物應該由章子怡來演最合適。

那次是薇龍在試衣服，她一夜沒有合眼，「才合上眼便恍惚在那裏試衣服，試了一件又一件，毛織品，毛茸茸的像富於挑撥性的爵士樂；厚沉沉的絲絨，像憂鬱的古典化的歌劇主題歌——樓下正奏着氣急吁吁的倫巴舞曲，薇龍不由想起壁櫥裏那條紫色電光綢的長裙子，跳起倫巴舞來，一踢一踢，淅瀝沙啦響」。葛薇龍是浪漫的，對衣裳的品位就是張愛玲，她喜歡「拉開珍珠的羅簾幕，倚着窗台望出去，外面是窄窄的陽台，鐵欄杆外浩浩蕩蕩都是霧，一片濛濛的乳白——她打開皮箱，把衣服騰到抽屜裏，開了壁櫥一看，裏面卻掛滿了衣服，金翠輝煌。家常的織錦袍子，紗的，綢的，軟緞的，短外套，長外套，海灘上用的披風、睡衣、浴

衣、夜禮服、喝雞尾酒的下午服，在家見客穿的半正式的晚餐服——衣服的脅下原先掛着白緞子的小荷包，裝滿了丁香花末子，熏得滿櫥香噴噴的」。這一點和張愛玲多麼相像，張愛玲就喜歡打開箱子曬衣服，六月六曬衣是她的節日，她滿心歡喜，穿行在綾羅綢緞夾成的牆壁間。她還喜歡把六月六曬衣服搬到她的小說中，「每年夏天曬箱子裏的衣服，前一向因為就快分家了，上上下下都心不定，怕有人乘亂偷東西，所以耽擱到現在才一批批拿出來曬。簇新的綢服，平金褂子，大鑲大滾寬大的女襖，像彩色的帳篷一樣，就連她年輕的時候已經感到滑稽了。皮裏子的氣味，在薰風裏覺得渺茫得很。有些是老太太的，很難想像老太太打扮得這樣。大部分已經沒人知道是誰的了，看它們紅紅綠綠擠在她窗口，倒像許多好奇的鄉下人在向裏面張望，而她公然躺在那裏，對着違禁的煙盤，她有一種異樣的感覺」。

在張愛玲眼中，音符是活的，七個跳躍的音符像七個神態各異的小孩，衣服也是這樣，顏色不同的衣服個性也必然不同：玫瑰紅的綢夾袍，是俏皮的女子，有點害羞，有點淘氣，當着面對你客客氣氣，一轉身立馬對你背影擠眉弄眼。灰布棉襖，中年男子，那種白鐵小鬧鐘式的男子，刻板、機械，下班路上有老年人的遲鈍，剛剛理過髮之後，有小伙子的青澀。檸檬黃晚禮服，是熟女的嫵媚與風情，不甘心老實，又不太會放蕩，是一種小婦人特有的那種自我感覺良好的、有分寸的造作。紫色電光綢長裙子，應該屬於薇龍這樣的女孩子，不敢在人前放開手腳，只能在幻想中穿上紫色電光綢長裙子跳起倫巴舞，「一踢一踢，淅瀝沙啦響」，綢裙子上電光閃起來，多麼漂亮。

三十年代的浮華與靡豔

——海綠花綢子衣服

茅盾在《子夜》裏詳細描寫過張愛玲時代上海灘的華麗霓裳：「林佩珊這天穿了一件淡青色的薄紗洋服，露出半個胸脯和兩條白臂；她那十六歲少女時代正當發育的體格顯得異常圓匀，一對小饅頭式的乳房隱伏在白色印度綢的襯裙內，卻有小半部分露出在襯裙上端，將寸半闊的網狀花邊挺起，好像繃得緊緊似的。她一面說話，一面用鞋尖撥弄腳邊的細草，態度活潑而又安詳，好像是在那裏講述別人家的不相干的故事。」

茅盾筆下淡青色的薄紗洋服應該是張愛玲最熟悉的，那時上海灘是僅次於巴黎的世界都會，春夏秋冬均有時裝發佈會，大家閨秀、明星名伶，都有專人為其設計時裝，常服、禮服、餐服、舞服應有盡有，聽起來像維多利亞時代淑女們的需要，甚至一點不輸於那個年代。張愛玲在《餘燼錄》裏記錄了一個女同學的笑話，這個女同學什麼樣的服裝都有，就是沒有戰袍，香港要打仗的時候，她急得要哭：這可怎麼辦呢？要打仗了，打仗我該穿什麼衣裳呢？茅盾雖然是現實主義文學大師，但是在對人物衣飾描寫方面，顯然不是張愛玲的對手，張愛玲對女性服裝的描繪細緻入微，就像一個做了幾十年的老裁縫的眼光——在《沉香屑．第二爐香》中，她這樣描寫克荔門婷：「她有着頑劣的稻黃色頭髮，燙得不太好，像一擔柴似的堆在肩上——她的小藍眼睛是活潑的，也許再過兩年她會好看一些，她穿着海綠的花綢子衣服，袖子邊緣釘着漿硬的小白花邊。」她這樣描寫靡麗笙：「她大約是不知道客廳裏有人，臉上濕漉漉地掛着淚珠兒，身上穿着一件半舊的雪青縐紗挖領短衫，象牙白山東綢裙，也許在一部分人的眼光裏看來，靡麗笙和愫細一樣的美，只是她的臉龐過於瘦削——」

從服飾角度來說，老上海三十年代好比是一個女人的花季，《子夜》的描摹帶着三十年代的浮華與靡艷：「雖則尚在五月，卻因今天驟然悶熱，二小姐已經完全是夏裝；淡藍色的薄紗緊裹着她的壯健的身體，一對豐滿的乳房很明顯地突出來，袖口縮在臂彎以上，露出雪白的半隻臂膊。一種說不出的厭惡，突然塞滿了吳老太爺的心胸，他趕快轉過臉去，不提防撲進他視野的，又是一位半裸體似的只穿着亮紗坎肩，連肌膚都看得分明的時裝少婦，高坐在一輛黃包車上，翹起了赤裸裸的一隻白腿，簡直好像沒有穿褲子。萬惡淫為首——這句話像鼓槌一般打得吳老太爺全身發抖。然而還不止此。吳老太爺眼珠一轉，又瞥見了他的寶貝阿萱卻張大了嘴巴，出神地貪看那位半裸體的妖艷少婦呢！老太爺的心卜地一下狂跳，就像爆裂了似的再也不動，喉間是火辣辣地，好像塞進了一大把的辣椒。」

好像是目之所及，全是繽紛霓裳——只是流年易逝時尚更迭，不管海綠花綢子衣服也好，淡青色薄紗洋服也罷，全褪色了，褪成一張老上海背景的模糊底片。

抖成奇麗的大花

——茶青摺褶綢裙

《連環套》中的霓喜衣着特別好看，也許是因為她來自鄉間，也許是她來自於綢緞店，張愛玲對她的着色更接近於自然本身，「梳兩個丫髻，戴兩隻充銀點翠鳳嘴花，耳上垂着映紅寶石墜子，穿一件煙裏火回文緞大襖，嬌綠四季花綢褲，跟在那婦人後面，用一塊細綴穗白綾挑線汗巾半掩着臉——」

嬌綠花綢褲接近於鄉間青秧或麥苗的顏色——一種嬌嫩的顏色，嬌綠，從來沒人如此形容過綠色——一百二十元被賣入富商家庭的霓喜，實際上是通過這一片嬌綠把鄉園攜在身邊。她自己後來更正說是三百五十元，那多半是杜撰，自己為自己賣一個想像中的好價錢。張愛玲為這樣的女人穿上嬌綠四季花綢褲再合適不過，嬌綠只配霓喜來穿，而且她也只應該叫作霓喜。張愛玲自己不會選擇這種顏色，她深知，服裝必定要附着個性的靈魂，同齡的女子，性格、家境、涵養等等不同，都可以從穿着打扮中一不小心洩露出老底子。張愛玲信奉的是衣不驚人死不休，她曾隨手拿起大紅大綠的床單，經過自己簡單縫合做成旗袍出門上街，而且只是把旗袍高高的開叉處簡單綴連，完全不顧那個時代女子的含蓄內斂，表現出比現在的時尚女性還要另類的勇氣。為了在一個宴會上奪人眼球，在着裝上黔驢技窮的她臨時拿起沙發罩布做披肩，也許因着她的獨特和不可阻擋的氣質，宴會上所有的來賓都對她投以驚艷、讚歎的目光。

也許在張愛玲心裏，她更喜歡嬌綠，只是她決不會將嬌綠穿在身上，每個人都會有不同程度的言不由衷，張愛玲對鄉土的顏色並不排斥，只是她喜歡以一種相當和諧的顏色來與它對照。在《心經》中，她寫過一條茶青摺褶綢裙——茶青，像茶葉一樣青蔥，也是一種像嬌綠一樣讓人歡喜的顏色：「芬蘭叫道：就這個好，我喜歡這個！兩手一拍，便跳起舞來。她因為騎腳踏車，穿了一條茶青摺褶綢裙，每一個褶子裏襯着石榴紅裏子，靜靜立着的時候看不見，現在，跟着急急風的音樂，人飛也似地旋轉着，將裙子抖成一朵奇麗的大花。」張愛玲後來說她很喜歡這條茶青摺褶綢裙，它穿在一位性情開朗的會跳中歐民間舞蹈的女子身上，顯得特別嬌美。張愛玲喜歡那些褶子以及石榴紅裏子抖成的奇麗大花，年輕女子身上有從芬蘭帶來的健康活力——在《心經》的整場故事中，我只看到這樣一段舒暢、明媚的畫面，其餘的全是陰鬱，是缺了陽光的潮濕與陰冷，也幸虧有這條茶青摺褶綢裙，多少沖淡了小說暗淡的基調。

在張愛玲筆下，服裝顏色透露的是女性的心理與命運，嬌綠四季花綢褲是這樣，茶青摺褶綢裙亦是如此。

後工業時代的顏色

——蝙蝠袖爛銀衣裙

張愛玲寫過夜藍色，寫過銹綠色，還寫過爛銀色——夜藍色、銹綠色可以想像，這爛銀色是什麼顏色？是不是接近月光的銀白色？——不似月光又似月光的冷色，一種太空色，或者是玄幻色彩？《全唐詩》中張碧似乎寫過：黛花新染插天風，蓦吐中心爛銀色——

在小說《色．戒》裏，張愛玲這樣寫：「車流如水，與路上行人都跟她隔着層玻璃，就像櫥窗裏展覽皮大衣與蝙蝠袖爛銀衣裙的木美人一樣可望而不可及，她跟他們一樣閒適自如，只有她一個人，心慌意亂地關在外面。」——這種顏色是很新奇的，寫到這裏忽然想起來，一款手機的顏色應該就是爛銀色，是一種後工業時代的顏色，一種金屬的顏色，現代的顏色，完全有別我們耳熟能詳的桃紅色或柳綠色。應該也可以說，這是一種殖民的顏色。而且還配着很新潮的蝙蝠袖，讓我們在上海灘嗅到現代都市的氣息——張愛玲時代的老上海是國際的，是與巴黎、紐約同步的世界級大都會，它是中國城市中的另類，是東西方文化孕育出的異端，它一出世就披着一層陌生的爛銀色。

爛銀色應該接近月白色，在《小艾》裏，張愛玲寫過一件月白竹布旗袍，「她便去換上一件乾淨的月白竹布旗袍，拿一條冷毛巾匆匆擦了把臉，把牙粉倒了些在手心裏，往臉上一抹，把一張臉抹得雪白的，越發襯托出她那漆黑的眼珠子，黑油油的齊肩長髮。她悄悄的把貓抱着，下樓開了後門溜了出去——」在張愛玲筆下，小艾的月白色竹布旗袍應該比《色．戒》裏那件蝙蝠袖爛銀衣裙更有女人味。

李安拍《色．戒》，旗袍秀遠比不上王家衛的《花樣年華》，據說是湯唯的曲線撐不出一片妖嬈。因為張曼玉把旗袍穿得太漂亮，所以我們已經慣於拿張曼玉穿旗袍的樣子做標準。其實，張曼玉那般顴骨高高，寬肩細腰，骨感雕琢的美，過於現代了。上海淑女穿旗袍的樣子恰恰應該是鵝蛋臉龐、斜肩加豐滿的胳膊，不信的話對照一下那些老上海畫報裏的女人就知道，新復古的上海摩登，一定是像湯唯那般身材苗條胳膊飽滿才好看，可是張曼玉的旗袍早已深入人心。

老上海滾滾紅塵，旗袍秀風華絕代，要維持這世面浮華，霓裳錦繡，需要多少能工巧匠的精雕細琢？就說張愛玲筆下這大批月白、夜藍、煙青、珠灰、爛銀的布料，都是如何皴染而成？巧的是，張愛玲筆下的爛銀色是布，唐代張碧寫爛銀色，為的是吟唱廬山瀑布——都是布，瀑布應該也是一種布，是仙女飄飛的裙裾。

童年明媚的色彩

——粉藍薄紗荷葉裙

張愛玲在《沉香屑．第二爐香》中寫過一條粉藍色的漂亮裙子，「凱絲冷」穿溜冰鞋搖搖擺擺向這邊滑過來，今天下午她要做拎花籃的小女孩，早已打扮好了，齊齊整整地穿着粉藍薄紗的荷葉邊衣裙，頭上繫着蝴蝶結——

實在是漂亮的女孩子，穿粉藍色薄紗荷葉裙的女孩子好像沒有不漂亮的，她應該就是頭上繫着蝴蝶結的拎花籃女孩子，在眾多賓客驚喜的目光中，出現在華麗繽紛的婚禮上。張愛玲應該做過這樣的拎花籃女孩。她有一張照片，獨坐在一把古銅色、類似於茶几的籐椅上，一身粉藍色的裙子，及膝白襪，腳上也是一雙搭襻的粉藍色鞋子，剪着覆額的童花頭，甜甜地微笑，臉上抹着胭紅，雙手交握在膝上，顯得乖巧，聽話。她自已在旁邊配文說：「麵團似的，我自已都不認識了，但是不是我又是誰呢？把親戚間的小女孩都想遍了，全不像。倒是這張籐几很眼熟，還有這件衣服——不過我記得這件衣服是淡藍色薄綢，印着一蓬蓬白霧，T字型白綢領，穿着有點傻頭傻腦的，我並不怎麼喜歡，只感到親切。」她後來又想拍

照，那天她非常高興：看見母親替這張照片着色，一張小書桌迎着亮擱在裝着玻璃窗的狹窄的小洋台上，北國的陰天下午，仍舊相當幽暗，我站在旁邊看，雜亂的桌面上有黑鐵水彩畫顏料盒，細瘦的黑鐵管毛筆，一杯水——

《沉香屑．第二爐香》裏，張愛玲還細緻地描寫過一條桃花圍裙：「就在這當兒，蜜秋兒太太繫着一條白底滾紅邊的桃花圍裙，端着一隻食盤，顫巍巍地進來了，一眼看見靡麗笙，便是一怔。」這蜜秋兒太太是個愛哭的主兒，「她扭過身子去找手絹子，羅傑看着她，叫靡麗笙以後怎樣做人呢？她扭過身子去找手絹子，羅傑看着她，她肋下汗濕了一大片，背上也汗濕了，棗紅色的衣衫變成了黑的」。一條做飯的圍裙，既是白底還滾紅邊，上面還繡着朵朵粉紅色桃花，如此漂亮精緻的圍裙圍着它出沒廚間，確實有點糟蹋——不過它繫在蜜秋兒太太身上是合適的，它出現在《沉香屑．第二爐香》中也是恰當的，似乎這一條桃花圍裙和開頭那條薄紗荷葉裙是張愛玲的刻意安排，它們在小說中遙相呼應，照應了一個女人的一生：從穿粉藍色薄紗荷葉裙、繫蝴蝶結、在婚禮上拎花籃的女孩子，到繫着白底滾紅邊的桃花圍裙、出沒於廚間的老婦。

張愛玲喜歡往回看，那麼隔着近百年蒼茫歲月回頭看那個穿粉藍色衣裙、坐在籐几上、臉上抹着胭紅的小女孩，到最後剃光了頭髮，死在公寓不為人知的老嫗，除了歎息還是歎息。套用張愛玲的句子，那便是——「隔着三十年的辛苦路往回看，再好的月色也不免淒涼」。

美在簡潔、妙在無袖

——蔥白無袖素綢長袍

《花凋》裏張愛玲這樣寫章雲藩眼中的川嫦：「川嫦正迎着光，他看清楚她穿着一件蔥白素綢長袍，白手臂與白衣服之間沒有界限，戴着她大姊夫從巴黎帶來的一副別致的頂圈，是一雙泥金的小手，尖而長的紅指甲，緊緊扣在脖子上，像是要扼死人。」

張愛玲在這裏寫川嫦是有寓意的，一身蔥白無袖素綢長袍，那麼素，那麼白，就是一身孝，而且尖而長的紅指甲像是要扼死人——沒有扼死人，最終扼死她自己，像一朵落花凋零。張愛玲以小見大的功夫讓人折服，就是這麼一件蔥白無袖袍子，不但預兆了川嫦的結局，也讓人窺見了張愛玲思維的恢宏與博大——「近年來最重要的變化是衣袖的廢除，（那似乎是極其艱難危險的工作，小心翼翼地，費了二十年的工夫方才完全剪去。）同時衣領矮了，袍身短了，裝飾性質的鑲滾也免了，改用盤花紐扣來代替，不久連紐扣也被捐棄了，改用撳紐。總之，這筆賬完全是用減法——所有的點綴品，無論有用無用的，一概剔去，剩下的只有一件緊身背心，露出頸項、兩臂與小腿。」——

《花凋》裏川嫦的素綢長袍是無袖，《五四遺事》裏張愛玲寫過一種喇叭袖，「她含着微笑坐在那裏，從來很少開口。窄窄的微尖的鵝蛋臉，前劉海齊眉毛，挽着兩隻圓髻，一邊一個。薄施脂粉，一條黑華絲葛裙子繫得高高的，細腰喇叭袖黑木鑽狗牙邊雪青綢夾襖，脖子上圍着一條白絲巾」。喇叭袖袖口在手腕以上，正好平常衣袖剪去一截就成了喇叭袖，再往上剪，就是中袖。張愛玲很多旗袍都是中袖，有一張她和姑姑的合影，兩個長袍一青一白，都是中袖。中袖再剪，就是無袖，張愛玲對寬袍大袖體會最深，所以才在文中這樣寫道：「一隻袖子的翩翩歸來，預兆形式主義的復興，最新發展是向傳統的一方面走，細節不能恢復，輪廓卻可盡量引用，用得活泛，一樣能夠適應現代環境的需要。旗袍的大襟採取圍裙式，就是個好例子，很有點三日入廚下的風情，耐人尋味。」

在張愛玲時代，一個女孩子露出雙臂沒什麼，像張愛玲寫的：「恪守中庸之道的中國女人在那雄赳赳的大衣底下穿着拂地的絲絨長袍，袍叉開到大腿上——」一般人不太能接受。不過她又說，「現在要緊的是人，旗袍的作用不外乎烘雲托月忠實地將人體輪廓線曲曲勾出——革命前的裝束卻反之，人屬次要，單只注重詩意的線條，於是女人的體格公式化，不脫衣服，不知道她與她有什麼不同」。蔥白無袖素綢長袍在當時是一件很獨特的衣服，妙在無袖——其實穿衣脫衣，都是先從領袖開始，一件中規中矩的衣服，總得有領有袖，領與袖對一件衣服是重要的，所以我們才對某一類影響巨大的人稱之為領袖。張愛玲沒有領袖，如果一定要給她找一個精神領袖，恐怕只有胡適。

戀衣狂的奇詭孤絕

——金魚黃緊身長衣

張愛玲在《傾城之戀》中寫黑荑妮公主，那一身金魚黃的長衣讓人印象深刻，張愛玲的筆一寫到服裝，就像柳絮遇到春風，寫着寫着就飄起來，飛起來。

你看：「迎面遇見一群西洋紳士，眾星捧月一般簇擁着一個女人。流蘇先就注意到那人的漆黑的頭髮，結成雙股大辮，高高盤在頭上。那印度女人，這一次雖然是西式裝束，依舊帶着濃厚的東方色彩。玄色輕紗氅底下，她穿着金魚黃緊身長衣，蓋住了手，只露出晶亮的指甲，領口挖成極狹窄的V形，直開到腰際，那是巴黎最新款式，有個名式，喚做一線天。她的臉色黃而油潤，像飛了金的觀音菩薩，然而她的影沉沉的大眼睛裏躲着妖魔。古典型的直鼻子，只是太尖、太薄了一點。粉紅厚重的小嘴唇，彷彿腫了似的。」——雖說是被放逐的公主，雖說靠老頭子養着，可畢竟是克力希納．柯蘭姆帕王公的親生女，那一身金魚黃的長衣，依然帶着王室的尊貴與威風——金魚黃這種黃色從沒有在別人筆下出現過，它似乎只能出現在張愛玲筆下，它是典型的張愛玲顏色。

張愛玲在生活方面是個弱智兒，她媽媽曾用兩年時間教她適應環境，教她煮飯，用肥皂粉洗衣，練習走路的姿勢，看人的眼色，點燈後記得拉上窗簾，照鏡子研究面部表情。可是，兩年後連張愛玲自己也不得不承認，這是一個失敗的試驗，她在待人接物的常識方面，顯露出異常的蠢笨——可是另一方面，她在繪畫、寫作方面，卻顯出一個天才的異稟。她自己也說：「對於色彩、音符、字眼，我極為敏感。當我彈奏鋼琴時，我想像那八個音符有不同的個性，穿戴了鮮艷的衣帽攜手舞蹈，我學寫文章，愛用色彩濃厚，音韻鏗鏘的字眼，如珠灰、黃昏、婉妙——直到現在，我仍愛看《聊齋志異》與俗氣的巴黎時裝報告。」在張愛玲眼裏，生活沉悶而無聊，而那些音符、色彩與文字則是活潑的可愛的——她們「穿戴了鮮艷的衣帽攜手舞蹈」，就在她面前的筆下、紙上。

《相見歡》裏張愛玲寫過一件菊葉青衣裳，「她自己倒也不見得老，冬天也還是一件菊葉青薄呢短袖夾袍，皮膚又白，無邊眼鏡，至少富泰清爽相，身段也看不出生過這些孩子，都快要做外婆了」。菊葉青薄呢夾袍比不上金魚黃緊身長衣高貴，但穿在做了外婆的伍太太身上，自有一份矜持和沉穩，用張愛玲的話說，「至少富泰清爽相」。

張愛玲不但是戀衣狂，也是戀色癖，但無論金魚黃或菊葉青，雖奇詭雖孤絕，卻自有一份和諧與炫目在裏面。

老上海的傾城之戀

——月白蟬翼紗旗袍

《傾城之戀》裏白流蘇相親時穿的是一件月白蟬翼紗旗袍，月白色蟬翼紗旗袍讓她在淺水灣飯店成功俘獲了范柳原，范柳原對她說：難得碰見像你這樣的一個真正的中國女人——張愛玲寫道：床架上掛着她脫下來的月白蟬翼紗旗袍，她一歪身坐在地上，摟住了長袍的膝部，鄭重地把臉偎在上面。蚊香的綠煙一蓬一蓬浮上來，直熏到她腦子裏去。她的眼睛裏，眼淚閃着光——

張愛玲時代上海灘的旗袍種類數不勝數，長衫式、高領式、高開式、直筒式、短袖式、荷花式、蓋膝式——具體到張愛玲筆下的男子，無論是有條件或無條件的愛，無不藉由對衣裝的觀感而生發。正是看到白流蘇一身月白色蟬翼紗旗袍，范柳原才說出：難得碰見像你這樣的一個真正的中國女人——繼而愛上了她。姜長安瞞着母親曹七巧去相親，「長馨先陪她到理髮店去用鉗子燙了頭髮，從天庭到鬢角一路密密的貼着細小髮圈，耳朵上戴了二寸來長的玻璃翠寶塔墜子，又換上了蘋果綠喬琪紗旗袍，高領圈，荷葉邊袖子，腰以下是西式的百褶裙」。——這都是張愛玲所喜歡的藍綠色系。《花凋》裏的川嫦，總穿一件蔥白素綢旗袍，想必是舊的，既長，又不合身，「可是太大的衣服另有一種誘惑性，走起路來一波未平一波又起，有人的地方是人在顫抖，無人的地方是衣服在顫抖，虛虛實實實虛虛，極其神秘」。還有《紅玫瑰與白玫瑰》裏的振保，從來不大看見她這樣矜持的微笑，「如同有一種電影明星，一動也不動，像一顆藍寶石，只讓夢幻的燈光在寶石深處引起波動的光和影。她穿着暗紫藍喬琪紗旗袍，隱隱露出胸口掛的一顆冷艷的金雞心——彷彿除此之外她也沒有別的心」。

讀張愛玲的小說就好像在欣賞旗袍秀，這也難怪，自民國始，上海灘洋場上女性開始流行旗袍，這一體現女性曲線美的特色服飾成了上海灘一大時髦。晚清時代雖然女性也穿旗袍，但它和上海二三十年代的旗袍不是一個概念，這是一種改造過的另類旗袍，富家女均趨之若鶩。

張愛玲的獨特就在這裏，她的文字有一種難以言說的陰柔之美，一如她喜愛的中國旗袍。天才的她身穿旗袍，把文字的陰柔之美發揮到極致——穿行在她的文字間，彷彿在月光下跟蹤一位身材修長着月白色蟬翼紗旗袍的神秘美人。只有中國人能理解這種美，一種獨特的文化符號，一個別致唯美的民族心理語言。還是張愛玲說得對，她說：「旗袍是有生命的」——月白蟬翼紗旗袍，她會在白流蘇這樣的美女身上復活、顯靈。

古典與現代的完美融合

——紫色絲絨旗袍

張愛玲為她筆下風情萬種的美女曼璐設計的主色調是紫色：「慕瑾來了，正在他房裏整理行李，一抬頭，卻看見一個穿着紫色絲絨旗袍的瘦削的婦人，他注意到她的衣服，她今天穿這件紫色的衣服，不知道是不是偶然的。從前她有件深紫色的綢旗袍，他很喜歡她那件衣裳。冰心有一部小說裏說到一個紫衣的姊姊，慕瑾有一個時期寫信給她，就稱她為紫衣的姊姊。」

喜歡按老家的習慣把衣服說成衣裳，人選擇衣裳並不是偶然的隨意，經濟、審美、文化、地域、經歷，都可以在衣飾中得到體現，所有這一切當然也決定了她的前路與未來，也就是前世與來生——張愛玲曾生活在兩種截然不同的家庭中，一邊是父親的遺老家，古墓似的老屋裏鴉片煙瀰漫，一邊是母親的開明家，那裏有鋼琴、油畫和西洋禮儀，張愛玲身上糅合了兩邊的氣質，穿旗袍時會搭上前清夾襖，甚至前清樣式的繡花襖褲。母親教她油畫，使她對旗袍的色彩相當敏感——譬如說：寶藍配蘋果綠，松花色配大紅，蔥綠配桃紅——如此

鮮明的色彩對照，讓旗袍這種獨一無二的女人衣裳顯得華麗而高貴，張愛玲不愛是不可能的，她尤其喜歡紫色旗袍，她曾經這樣寫道：「同樣的紫，我國古代有紫氣東來又有惡紫奪朱的說法——紫色是紅與藍的混合，紅是熱烈的，藍是冷靜的，燃燒與壓抑，引起衝突與不安——」

旗袍這種服裝無疑是古典與現代最完美的融合，一個穿旗袍的女人行走在庭院深處，神秘而令人心動，旗袍就有這種神秘風韻——用細膩的筆挑剔地勾畫着女性的玲瓏曲線，用絢爛的色彩隨性地粉飾出一道人面桃花相映紅的絕妙風景。旗袍的內斂是遮蔽，從領口一直遮蔽到腳踝；旗袍卻也張揚，它的張揚不是暴露，而是洩露，春光乍洩，一條岔從腳踝裁開到腰肢。因為遮蔽而隱秘，因為洩露而增添了想像，令女人大大方方示人的，是美目巧盼；被裹住的，是玲瓏身段——旗袍的美是誘惑，卻不是誘導；是挑逗，而不是挑明。

看過一首詩，題為《張愛玲旗袍》：上海淪陷，張愛玲在自己的／旗袍裏散步／月亮白呀，又圓，又大／福州路上，那些藍色青色或黑色的螞蟻／雨滴下來穿過伊人絲綢／前方的死亡越積越厚，傾城之戀／紅遍了一九四三與一九四五之間／張愛玲的旗袍，與那些月亮一塊沉了／它們都曾明晃晃地掛在天上——

詩寫得像歌詞，顛三倒四，咿咿呀呀的，張愛玲很小的時候就說過：生命是一襲華美的袍子，上面爬滿蚤子——那件華美的袍子，應該就是紫色絲絨旗袍。

玲瓏玉女的花樣年華

——大紅緞子滾邊花旗袍

張愛玲曾毫不留情地說過這樣一句狠話：中國女人的腰與屁股生得很低，背影望過去，站着也像坐着——這話應該是一種偏見，如果此論斷成立的話，上海灘精美絕倫的旗袍就不可能紅起來，旗袍一大特點就是勾勒身段，緊身旗袍下塌着兩個大屁股，「站着也像坐着」，這樣的旗袍你叫女人怎麼穿出去？

張愛玲是穿旗袍的高手，亦是寫旗袍的高手，她筆下那些太太小姐，誰沒有一箱箱一籠籠彩錦霓裳、綢緞旗袍？旗袍大多鮮艷嫵媚才好看，像《怨女》裏那個冬梅，「燙了個飛機頭，穿着大紅緞子滾邊的花綢旗袍，向太太和少爺磕頭——」這樣的旗袍走到哪兒都引人注目，大紅緞子，滾邊，還是花綢子，配上剛剛燙好的飛機頭——一看就是當家主事的風格，氣勢上首先壓了人一頭。事實也正是這樣，大紅旗袍果然「給冬梅提高了身份，把前面房間騰出來給她，揀最好的傭人伺候她，叫她管家，誇得她一枝花似的」。

張愛玲曾用「束身旗袍，流蘇披肩，陰暗的花紋裏透着陰霾」來描寫老上海女性的時尚穿着，這種中國式的裸露、頷首低眉的女性溫婉形象，長久以來一直在幾代人的記憶裏久久縈繞。《花樣年花》中張曼玉每每着旗袍出場，款款錦繡艷驚國際。在上海這個小資的城市，旗袍風潮被蒙上了濃郁撩人卻又高貴典雅的色彩，既復古又時尚，既含蓄又開放，不知愛死多少玲瓏玉女。可旗袍的花樣年華再也沒有回歸，也無法回歸——一個古典唯美的時代已經逝去，生活節奏的加快、內在心理的嬗變，乃至生活環境的變遷，讓旗袍之花只能綻放在時光深處、光影之間。

雖然什麼樣的女人都可以穿旗袍，但是穿得好不好、有沒有品位，也是要看人。女人選擇旗袍，旗袍也在選擇女人，最適宜的，是那些安靜的、溫婉的又身材高挑、眉目清秀的女子，就像《十八春》中的曼楨，張愛玲這樣寫她：「曼楨來了，說：早。她穿着一身淺粉色的旗袍，袖口壓着極窄的一道黑白辮子花邊。她這件衣服世鈞好像沒看見過。她臉上似笑非笑的，眼睛也不大朝他看，只當房間裏沒有他這個人，然而她的快樂是無法遮掩的，滿溢出來的生之喜悅，在她身上化為風情萬種。」

戀愛中的女子，一身淺粉色旗袍，與愛人相守一處，這簡直就是美與愛的化身。

驚心動魄的溫柔與撫摸

——櫻桃紅鴨皮旗袍

張愛玲在《心經》裏寫過一個漂亮的女孩子段綾卿，因為是夏天，她家客室主色調是清冷的檸檬黃與珠灰，就在這片迷人的顏色裏，段綾卿含笑站在那裏，她「頎長潔白，穿一件櫻桃紅鴨皮旗袍——」如此漂亮的富家小姐，一身櫻桃紅鴨皮旗袍站在一片檸檬黃與珠灰中，美得有點驚心動魄，段綾卿這個名字就像一匹綾羅綢緞，彷彿可以用手撫摸——

張愛玲一生最愛的衣裳是旗袍，也只能是旗袍，即便是夏天，她也離不開旗袍，她自己設計了一種「風涼旗袍」，畫了樣子拿到造寸裁縫店裏去做。那時候張愛玲和母親住在南京西路梅龍鎮酒家那條弄堂內，弄堂口就是國際飯店，邊上就是造寸裁縫店，本來叫張記服裝店，還是張愛玲將店名改成造寸裁縫店。張造寸是老闆的名字，張愛玲認為「造寸造寸，寸寸創造，把我們女人的衣裳做得合身漂亮」。可能因為她是上海灘走紅的女作家，老闆就依了她。張愛玲每次拿了布料和圖樣來，總是不找老闆，而找大師傅，大師傅手藝好，又聽話，拿什麼樣子就照什麼樣子做。而老闆造寸總以為自己是老闆，看到張愛玲那奇特的樣

子，總認為不合規矩，要改一改，弄得張愛玲不開心，而且還不好直說，吃啞巴虧事小，主要是她那些奇特的想像不能化為衣裳穿上身上，這是要她命的。

給張愛玲做衣服的大師傅叫吳春山，他後來回憶說：「為張愛玲做過多少件旗袍，我實在記不清了，但每件旗袍都是按圖施工，如她冬天穿的旗袍，有絨夾裏的，領頭不能太硬太高，張愛玲交代過：旗袍領頭高而硬，把頭頸撑得筆直，坐着寫作很不舒服——她喜歡穿緊身、窄長袖、兩側開叉及膝部的旗袍，外加一件海虎絨大衣。春天她喜歡穿低領、束腰帶的旗袍裙，這應該是一種連衣裙的樣式，與現在流行的沒有什麼區別。最熱的夏天她就穿自己設計的風涼旗袍——」

張愛玲是天生的時裝設計師，她能說不能做，並且常常把不切實際的想像加進來，吳春山有時認為太過分，不聽她的，兩個人就為一個領口、一個紐襻發生口舌之爭。有一次張愛玲拿了一塊紅綢緞進來要吳春山為她做一條紅裙子，吳春山認為她人瘦長皮膚白，穿紅裙子不適宜，張愛玲說：我就是要穿得鮮艷些——後來這件高腰紅裙做成，張愛玲穿了哈哈大笑：我這身紅裙穿了，真要妒煞石榴花了。就在紅裙事件不久，上海小報上登了一幅漫畫，嘲笑張愛玲以奇裝炫人。

張愛玲身材瘦長，她如果穿上段綾卿的櫻桃紅鴨皮旗袍，應該也會溫柔如水，可是她偏不，她就是喜歡以奇裝炫人然後再逃避人群，她最缺乏的，其實就是那一低頭的溫柔——

一種森森細細的美

——翠藍夏布衫

張愛玲不喜歡音樂，她認為「一切的音樂都是悲哀的」，她喜歡顏色：「夏天房裏下着簾子，龍鬚草席上堆着一疊舊睡衣，摺得很齊整，翠藍夏布衫，青綢褲，那翠藍與青在一起有一種森森細細的美，並不一定使人發生什麼聯想，只是在房間的薄暗裏挖空了一塊，悄沒聲地留出這塊地方來給喜悅。」

平常的翠藍夏布衫、青綢褲，愣是讓她看出一種「森森細細的美」，可見她的視覺和別人是不一樣的，她一向有點神經質或病態，也許是少年時父親的囚禁造成的，她從「樓板上藍色的月光中」感覺出「靜靜的殺機」，從「無量的蒼綠」中看到「安詳的創楚」，真是超人的感覺。有一次，「浴室裏的燈新加了防空罩，青黑的燈光照在浴缸面盆上，一切都冷冷地，白裏發青發黑，鍍上一層新的潤滑，而且變得簡單了，從門外望進去，完全像一張現代派的圖畫，有一種新的立體。我覺得是絕對不能夠走進去的，然而真的走進去了。彷彿做到了不可能的事，高興而又害怕，觸了電似地微微發麻，馬上就得出來」。另一次，母親從國外回來，送給了張愛玲兩大串玻璃珠子，一串是藍色的，一串是紫紅色的，她非常喜歡。她一向喜歡偏藍的顏色，寶藍、青藍或翠藍，翠藍色夏布衫是她的愛物。某次外出赴宴，不便穿家常的翠藍夏布衫，「她穿着件翠藍竹布袍子，袍叉裏微微露出裏面的杏黃銀花旗袍——」這明顯克隆於張恨水的小說，張恨水小說裏那些女學生就是這種打扮。

張愛玲小說讀多了，你會發現，她筆下的人物也是有色彩的，她們適合穿着某一類顏色的服裝。比如綾卿是紫色，是那種旗袍上的紫，還有刺繡的花紋，用銀線繡在紫色的旗袍上。流蘇是白色，純白色，白棉花的白。七巧是深紅色，是與她出場時年齡不相稱的深紅色。小艾是淡綠色，這個一生悲劇的人物就穿着一身淡綠，淡綠的顏色像她恍惚的一生，她甚至不記得姓氏，不知道老家有幾個兄弟姐妹。翠遠是藕荷色。苦命的川嫦是那種清透的粉色，她成了家裏的負擔，老子一個姨太太都養活不起，她是個拖累，她知道下堂妾生的孩子過節吃團圓飯也只能端個櫈子放在後面，添副碗筷，隨便吃兩口，應個景兒。現在，人們對於她也不過是這麼回事。她在一寸一寸地死去，她試着樂觀。逢天氣好的時候，粉色衣在太陽裏曬過，枕頭上留有太陽的氣味，生命的氣味，她死在皆大歡喜中。

在所有人物中，最喜歡曼楨，曼楨應該穿一件翠藍色夏布衫，也只有她，與成名前的張愛玲有某種貼近——她也是在變，由翠藍色慢慢過渡到王佳芝的寶藍色，不過還沒有完全蛻變——顏色從某方面來說就是心情的流露，有顏色總比沒顏色好，張愛玲自己就說：「顏色這樣東西，只有沒顏落色的時候，才是最悽慘的。」

新女性的時髦

——赤銅色襯衫

襯衫作為馬甲或西裝的陪襯物最早出現在西方，近代才與西式生活一起傳入上海，成了時髦。張愛玲這樣寫葛薇龍，「穿着白褲子，赤銅色的襯衫，灑着銹綠圓點子——」薇龍應該是上海灘摩登女性的代表——赤銅色襯衫很現代，也很中性，最適合於她這樣的新女性，就算薇龍穿到現在，也不會落伍。

《花凋》中川嫦姐妹要比《沉香屑．第一爐香》中的薇龍貧窮一點，張愛玲這樣寫她們：「小姐們穿不起絲質的新式襯衫，布褂子又嫌累贅，索性穿一件空心的棉袍夾袍，幾個月之後，脫下來塞在箱子裏，第二年生了霉，另做新的。摩登裏面粗陋的，潑辣的芯子，經得起折騰。」私下裏，我想像薇龍的赤銅色襯衫和川嫦姐妹一樣，是棉布的，就像張愛玲筆下做棉襖的那種有柳條紋的棉布，這樣的話就更有現代感。從我個人來說，更喜歡棉布襯衫，這是一種容易舊的衣服，穿不久總會發現有一些小小的磨損，可還是愛極了這份懷舊的舊、返璞歸真的舊——它的溫和與沉靜、曖昧與抒情，還有洗淨鉛華之後的質樸和日常生

5436

活中的詩意。穿在身上，用手撫摸，你會想起張愛玲筆下發黃的老上海：黃包車、汽油燈、《紫羅蘭》雜誌、月份牌美人——

襯衫在張愛玲筆下出現得不多，她還寫過赤銅色馬褂，「他的瓜皮帽上鑲着披霞帽正，穿着騎馬的褂子，赤銅色緞子上起壽字絨花，用一個珍珠扣子束着腰帶，下面露出沉香色紮腳褲子」。這件衣服雖是赤銅色，不過長過膝蓋，還是緞子的，起着壽字絨花，好像算不上襯衫的樣式。隨後那個新嫁娘，「穿着天青對襟褂子，大紅百褶裙，每一褶夾着根裙帶，吊着個小金鈴鐺」。雖說也是對襟褂子，卻離襯衫更遠了。後面這件卻有點像：「一隻梯子倚上隔壁的牆上，有一個梯級上搭着一件柳條布短衫，挽了個結。」——這一件倒很接近新潮青年的布襯衫。

布襯衫是永遠也不可能大紅大紫的衣服，它是一種風格，一種品位，與裙袂飄飄或花團錦簇永遠無法協調，是雅俗共賞的東西，卻不是所有的人都適合它。它適合梁家輝，而濮存昕卻不會選擇它；姜文穿上它會更有味道，梁朝偉穿着它有點彆扭。它透露出濃濃的懷舊情調、時尚感覺與文化氣息，使生活在都市中的人走得更親近一些，感性的女子，比如張愛玲筆下的曼楨，或者葛薇龍好像也更容易愛上那些穿布襯衫的中年男子——

旗袍的變異

——蘋果綠盤花短旗衫

張愛玲經常寫到一種很特別的衣裳——旗衫，是旗袍呢還是長衫？一直弄不明白，也許是介於旗袍和長衫之間，或者二者兼而有之。

旗衫在張愛玲筆下多為時髦女子着裝，《茉莉香片》中有這麼一段：「鋼琴上面一對暗金攢花照相架裏的兩張照片，一張是小寒的，一張是她父親的。她父親那張照片下方，另附一張着色的小照片，是一個粉光脂艷的十五年前的時裝婦人，頭髮剃成男式，圍着白絲巾，蘋果綠水鑽盤花短旗衫，手裏攜着玉色軟緞錢袋，上面繡了一枝紫羅蘭。」這個粉光脂艷的貴婦人穿的就是旗衫，而且還是蘋果綠、水鑽、盤花的旗衫，配上男式髮式，繫上白絲巾，手裏還攜着玉色軟緞錢袋，是光彩照人的美婦人形象。

旗衫是民國時期相當流行的服飾，應該也是旗人的衣衫，是旗袍的變異，張恨水的小說裏亦頻頻提及，隨便翻到《春明外史》，看了幾行就發現如下一段：「梅雙修穿了一件墨綠綢旗衫，那少年穿一身青嗶嘰便服，都把皮膚反映得雪白，真是一雙璧人。楊杏園看着，真添了無窮的感慨。」張愛玲與張恨水同為張姓，又都喜歡描摹金粉世家，衣着品位如出一轍。

在《小艾》中，張愛玲寫道：「她是嬌小身材，頭髮剪短了，燙得亂蓬蓬的，斜掠下來掩住半邊面頰，臉上胭脂抹得紅紅的，家常穿了件雪青印度綢旗衫，敞着高領子，露出頸子上四五條紫紅色揪痧的痕跡。」——又是一件旗衫，還是雪青色印度綢的，更明顯地帶着旗人的印跡。據相關資料顯示，旗女皇族命婦與男子朝服基本相同，平時着袍、衫，初期寬大窄入直筒。在袍衫之外加着坎肩，一般與腰際平，亦有長與衫齊者，有時也着馬褂，但不用馬蹄袖。上衣多無領，穿時加小圍巾。貼身小襖可用綢緞或軟布為之，顏色鮮艷，大襖分季節有單夾皮棉之分，式樣多為左衽大襟，長至膝下，約身長二尺八寸左右。袖口，初期尚小，後期逐漸放大，領子時高時低，外罩坎肩多為春寒秋涼時穿用。時與長坎肩時，可過襖而長及膝下，披風為外出五彩加金線並綴各式珠寶，矮領，外加圍巾。下裳以長裙為主，繫在長衣之內，關於裙色，一般以紅色裙子為貴，喜慶時節，講究着紅裙。喪夫寡居者着黑裙，若上有公婆而丈夫去世多年者，可穿湖色或天青色——這與張愛玲在《更衣記》中的記載完全一致。

《紅玫瑰與白玫瑰》裏，張愛玲寫道：「她不知可是才洗了澡，換上一套睡衣，是南洋華僑家常穿的紗籠布製的襖褲，那紗籠布上印的花，黑壓壓的也不知是龍蛇還是草木，牽絲攀藤，烏金裏面綻出橘綠，襯得屋裏夜色也越發深了。」女為悅己者容，容當然包括衣，一個容字，包含多少心機與心酸？讀張愛玲小說，常常會倒吸一口涼氣，她是用霓裳來渲染情節，離開了那些妖嬈絢麗的時裝，也許張愛玲就不會存在——

是最愛也是偏愛的色彩

——孔雀藍袍子

張愛玲毫不掩飾對衣裳的喜愛，在她的小說裏，只要有機會，逮着一件衣裳就忍不住要炫耀一番，你看：「躺在煙炕上，正看見窗口掛着一件玫瑰紅綢夾袍緊挨着一件孔雀藍袍子，掛在衣架上的肩膀特別瘦削，喇叭管袖子優雅地下垂，風吹着胯骨，微微向前擺蕩着，背後襯着藍天，成為兩個漂亮的剪影——」一件掛在衣架上的孔雀藍袍子，被張愛玲描寫得一如孔雀的剪影。

張愛玲偏愛藍色，她寫過奇奇怪怪的藍色：粉藍、煙藍、夜藍、電藍、寶藍，藍色在她筆下是夢幻的顏色，是最心儀的顏色，在某個特定的時刻，她的眼裏只有藍色，這時候藍色甚至就是死亡的顏色——「我父親揚言要用手槍打死我，我暫時被監禁在空房裏，我生在裏面的這座房屋忽然變得生疏的了，像月光底下的，黑影中現出青白的粉牆，片面的，癲狂的。有一句詩關於狂人的半明半昧：在你的心中睡着月亮光——我讀到它就想到我們家樓板上的藍色的月光，那靜靜的殺機。」

張愛玲的快樂與悲傷都是藍色的，在《華麗緣》中她這樣寫道：「她穿着玉色長襖，繡着兩叢寶藍色蘭花。小生這時候也換上了淺藍色繡花袍子。這一幕又是男女主角同穿着淡藍，看着就像是燈光一變，幽幽的，是庵堂佛殿的空氣了。」藍色給她的感覺總是這樣奇特而奇妙。《連環套》中她寫過一條粉藍薄紗圍巾，「他經過一家花店，從玻璃窗裏望進去，隔着重重疊疊的花山，看見霓喜在裏面買花。她脖子上垂下粉藍薄紗圍巾，她那十二歲的女兒瑟莉塔偎在她身後，將那圍巾牽過來兜在自己的頭上。是炎夏，花店把門大開着，瑟莉塔正立在過堂風裏，熱風裏的紗飄飄蒙住她的臉」。——在這裏，粉藍薄紗圍巾是清新明快的。在《心經》裏，許小寒穿一件孔雀藍襯衫，這時候許小寒才二十歲，正是花樣年華，卻陷入了一場畸戀。張愛玲給了她本來應有的純潔的白，同時又給了她飽含內蘊的孔雀的藍，並且還讓這孔雀藍消失在同色調的暗夜裏——這是一個簡單純潔的少女，一個沒有心事的少女，她身上的孔雀藍純美中隱隱傳遞着孤清的心境。許小寒的孔雀藍與張愛玲送給柯靈的寶藍、曼楨的翠藍，還有煙藍、夜藍、電藍、粉藍等顏色完全不同，孔雀的藍只是屬於許小寒。

晚年的張愛玲有一件孔雀藍鑲金線上衣，張愛玲研究者周芬伶認為：這件孔雀藍鑲金線上衣是張愛玲最愛——如果她的論斷成立的話，那麼就是說，張愛玲至死也沒有忘記心目中的藍色，她的一生就是一條長長長長的藍色織錦緞，從粉藍、艷藍開始，由寶藍、電藍過渡，到煙藍、夜藍結束。

像風一樣輕薄
——白香雲紗衫

《金鎖記》中的七巧，是張愛玲着墨較多的一個人物，張愛玲這樣寫她的衣着：「七巧穿着白香雲紗，黑裙子，然而她臉上像抹了胭脂似的，從那揉紅了眼圈兒到燒熱的顴骨。」——白香雲紗很適合這個守財的寡婦。

香雲紗是一種貴族布料，叫薯莨紗，產自嶺南那些檳榔與椰樹叢中，有越穿越油潤烏亮、越穿越輕快涼爽的特點。在古代，每匹薯莨紗售價十二兩白銀。我記得小時一位老太藏有一匹香雲紗，六月六曬霉時看見過，如同一片吉祥的雲彩，白天它像茉莉一樣芬芳，晚上像熒光一樣閃亮。老太人稱湯家小姐，早年是鎮上的美人，黃梅戲唱得讓人想哭。駐防的馬團長要帶她回廣東，她也愛着他的英武與魄力。無奈家中只有她這麼個寶貝女兒，父母怎麼可能放心讓她跟行伍出身的人遠嫁嶺南？湯家小姐哭鬧、絕食均無濟於事。霜降以後，大雁南飛，她就穿着團長送她的那匹香雲紗嫁衣嫁給鎮上開茶館的王家少爺。王家少爺是書生，他們剪梅插花紅顏伴讀——我認識她時，她頭髮全白了，像屋後沒有融化的積雪，又像河灘上的蘆花。我們叫她王家阿婆，她總在雨後的黃昏來到城南青石橋上，那是她家捐資建造的，她手扶冰涼的石欄杆，眺望着風雨飄搖的老屋——她走的那天是白露，沒有穿壽衣，穿的就是那件做過嫁衣的香雲紗，紅漆棺材讓人想起當年她坐着的大紅花轎，不同的是一個是出殯一個是出嫁，相同的是同一個女人穿的是同一件香雲紗。

像水一樣透明的香雲紗，像風一樣輕薄的香雲紗，在神秘消失半個世紀後，又像雨後彩虹一樣出現在都市霓裳繽紛的時尚發佈會上——那是由香港時裝設計大師張天愛設計的香雲紗時裝，據說一件標價六萬港幣，模特穿着它走在舞台上，美得像一個精靈。同樣作為酷愛香雲紗的女人，她與湯家小姐與七巧是那麼不同，張天愛把香雲紗穿在身上飛翔，湯家小姐把香雲紗壓在箱底埋葬，愛情讓湯家小姐這樣的女人即便死了卻還活着，也讓曹七巧這樣的女人即便活着卻也死了。

查資料得知，香雲紗是廣東絲綢中的珍品，二十世紀七十年代以後，由於化纖混紡滌綸一類廉價紡織品大批湧現，古老神秘幽美的香雲紗在市場上已經絕跡，一起絕跡的還有民歌、地方戲與民間優美動人的傳說。我合上厚厚的《張愛玲全集》，遙望南國的天空，想起那些越古老越美好的傳統風物：女兒紅酒、紅木家具、崑曲——它們就隨着一片香雲紗飛天而去。留給我們的，是像月光一樣神秘、像星光一樣美麗的記憶。

曹七巧那一身白色香雲紗衫，就像一身喪服，就是一身喪服。

讓人驚羨的風姿曼妙

——紅黑小方格充呢袍子

張愛玲筆下一向色彩繽紛，如果不選擇寫作，她應該是個很出色的畫家和服裝設計師，她將所有能想像出的顏色、創意、靈感，化為一片五彩霓虹點綴在文字的天空，燦爛並且炫目，讓人抬頭仰望同時驚羨不已，那應該是仙女的衣裳：粉紅彩繡裙襖、深青繡白花汗巾、瓦灰閃花綢薄絲旗袍、紅黑小方格充呢袍子——

呢料也是張愛玲縫製衣服的首選，在小說《等》中，她這樣寫道：「女兒阿芳——卻生着一雙笑眼，又黑又亮，逐日穿着件過於寬鬆的紅黑小方格充呢袍子，自製的灰布鞋。家裏兄弟姊妹多，要想做兩件好衣裳總得等有了對象，沒有好衣裳又不會有好對象。這樣循環地等下去。她總是杏眼含嗔的時候多。再是能幹的大姑娘也闖不出這身衣服去。」一件漂亮的紅黑小方格充呢袍子裏，隱含着女孩子如此纏綿的心事和曼妙的念頭，怕只有張愛玲想得出。一直弄不明白，充呢是什麼樣的一種呢絨？在小說《等》中，張愛玲多次提到這種呢子面料：「粉荷色小雞蛋臉的奚太太，輕描淡寫的眉眼，輕輕的皺紋，輕輕的前排劉海，剪了

公司
AN
HV

頭髮可是沒燙，她因為身上的一件淡綠色短大衣是充呢的，所以更堅決地說：現在就是這樣啊，裝滿了一皮包的錢上街去還買不到稱心的東西——價錢還在其次！」一件充呢大衣就讓奚太太說話挺直了腰桿，並且理直氣壯，可見充呢是很高檔的面料，起碼在老上海時代是這樣，老女人小女人對它都充滿嚮往。

在一九四四年冬天，老上海一件全羊毛人字呢女大衣是兩千四百元，要更好的也有上萬的。現成的，不那麼講究面料的就便宜一些，也有長大衣一千五到兩千也能買到——可以想見，張愛玲筆下的充呢大衣價格肯定不便宜，否則蘇青做了一件黑呢大衣，要隆重邀請張愛玲和炎櫻兩個人一同去當參謀，可以想見她的慎重。

張愛玲在《殷寶艷送花樓會》中寫過一件青灰細呢旗袍：「門鈴響，我去開門，門口立着極美的，美得落套的女人，大眼睛小嘴，貓臉圓中帶尖，青灰細呢旗袍，鬆鬆籠在身上，手裏抱着大束的蒼蘭，百合，珍珠蘭，有一點兒老了，但是疲乏彷彿與她無關，只是光線不好，或者是我剛剛看完了一篇六號字排印的文章。」殷寶艷是極美的美人，好像是演員，客串演過《少奶奶的扇子》，她對服飾的苛刻要求想來不在張愛玲之下，她選擇了青灰細呢做旗袍，她的審美觀其實是張愛玲的。

在圖書館翻閱霉味撲鼻的老上海雜誌，很多明星都穿着清一色的呢絨大衣，身材修長風姿曼妙，想來那些呢大衣，不是方格充呢，就應該是青灰細呢。

新娘的嫁衣

——粉紅彩繡裙襖

張愛玲經常在服飾中提到彩繡與織錦：軟緞繡花睡衣、織錦緞夾袍、粉紅彩繡裙襖、織錦絲棉浴衣——織錦也好，彩繡也罷，都是十分鮮艷的華美服飾。

在《金鎖記》中張愛玲也寫到彩繡，是新娘子的嫁衣：「——行的是半新式的婚禮，紅色蓋頭是免了，新娘戴着藍眼鏡，粉紅喜紗，穿着粉紅彩繡裙襖，進了洞房，除去了眼鏡，低着頭坐在湖色帳幔裏，鬧新房的人圍着打趣，七巧只看了一眼就出來了。」粉紅喜紗，粉紅彩繡裙襖，確實燦爛若錦喜氣洋洋——在民國初年，上衣下裙最為流行，上衣有衫、襖、背心，樣式有對襟、大襟、直襟、斜襟、一字襟、琵琶襟等變化。領、袖、襟、襬多鑲滾花邊或刺繡紋樣，衣襬有方有圓、寬瘦長短的變化也較多。二十世紀二十年代旗袍開始普及，其樣式與清末旗裝沒有多少差別。但不久，袖口逐漸縮小，滾邊也不如從前那樣寬闊。至二十年代末，在上海因受歐美服裝影響，旗袍的樣式有了明顯的改變，有的縮短長度、有的收緊腰身，有的高開叉露出雪白長腿。裙襖比之千姿百態的旗袍，變化則不大，彩繡的豐富

針法，讓很多裁縫將針線當畫筆，在裙襖上畫錦刺繡，華美而不艷俗的裙襖一時深得上海女人的芳心與歡心，張愛玲就留下了好幾張着裙襖的照片。

張愛玲筆下的粉紅斜紋布棉襖、佛青實地紗襖子、紗籠布製襖褲，實際上都接近於裙襖，短襖長裙在張愛玲筆下最為常見。不但是才女張愛玲，上海灘明星阮玲玉、胡蝶就留有很多着裙襖的照片。徐來有一張，淡青色裙襖，很貼身，右手隨意彷彿在撫摸下巴，頷首微笑，眼眉兒彎彎，就是甜美單純的小姑娘。在民初，襖有很多種，分夾襖、棉襖、皮襖，按時令更換，男襖所用的料子多為棉織品，女襖則多用絲織品。女子的禮服就是襖與裙，合稱裙襖，結婚時要穿大紅或粉紅色裙襖，嫁妝中必定要由娘家辦一套緊身襖褲，青裙為便服，紅裙為禮服，白裙為喪服。孀居的不能穿紅裙，兒女成年後，可以穿豆綠色或淺綠色繡花裙——這一切張愛玲不會弄錯，她是服飾專家，她那篇《更衣記》能拿出來做服裝設計專業研究生的畢業論文。

寫這篇文字時，在電視上偶然看到京劇演員張火丁，她正在唱程硯秋的《鴛鴦塚》，這次張火丁一改過去穿褶子裙舞水袖的扮相，第一次在台上穿着裙襖——正是張愛玲寫過千百遍的裙襖，不過不是《金鎖記》粉紅彩繡裙襖，而是張愛玲筆下的煙藍配天青——着裙襖的張火丁一派小家碧玉風範，穿裙襖的女人都是小家碧玉。

令人騷動的獨特

——高領子薄呢短襖

張愛玲穿衣很注重細節，比如身腰的窄或寬、衣袖的長或短、紐襻的明或暗、領子的高或低——其實這也在情理之中，一件衣服，如果沒有細節的獨特，那就是一件大路貨，穿出去千人一面，誰還要看？

在《怨女》中，張愛玲寫過一個新娘子：「她梳了個扁扁的S頭，額頭飄着幾絲前劉海，穿着一色的薄呢短襖長裙，高領子，細腰，是前幾年時行的，淡妝素抹，自己知道相貌不好，總是板板的，老老實實，不像別的女孩子怕難為情。」這樣的新娘子沒有風情，是不討人喜歡，小說中銀娣就在背後說：沒看見過這樣的新娘子。說她「粗聲叫聲媽」，「喉嚨粗嘎，像個傷風的男人」。銀娣又補充一句，「她倒像是吃糠長大的」。在這裏，高領子雖然特別，但是是前幾年流行過的式樣，所以顯得落伍，張愛玲對新娘子沒有好感，才讓她穿一件高領子薄呢短襖長裙，完全是過時的衣着。

張愛玲畫過多幅高領仕女圖，而且還是高得遮去了半個腦袋，逼着女人不得不伸長脖子，就像長頸鹿。她自己則很少穿高領衣，這樣的衣服她是絕對不會穿的，在《更衣記》中，她這樣寫道：「一向心平氣和的古國從來沒有如此騷動過，在那歇斯底里的氣氛裏，元寶領這東西產生了——高得與鼻尖平行的硬領，像緬甸的一層層疊至尺高的金屬項圈一般，逼迫女人們伸長了脖子，這嚇人的衣領與下面的一撚柳腰完全不相稱。頭重腳輕，無均衡的性質正象徵了那個時代。」張愛玲總是從小衣裳的改良裏，看出了大時代的嬗變，高領子的元寶領亦如此，她這樣說：「政治上，對內對外陸續發生的不幸事件使民眾灰了心，青年人的理想總有支持不了的一天，時裝開始緊縮，喇叭管袖子收小了，一九三〇年，袖長及肘，衣領又高起來了。去年的元寶領的優點在它的適宜的角度，斜斜地切過兩腮，不是瓜子臉也變了瓜子臉，這一次的高領卻是圓筒式的，緊抵着下頷，肌肉尚未鬆弛的姑娘們也生了雙下巴。這種衣領根本不可恕。可是它象徵了十年前那種理智化的淫逸的空氣——直挺挺的衣領遠遠隔開了女人的頭與下面的豐柔的肉身，這兒有諷刺，有絕望後的狂笑。」

張愛玲從來不會給筆下的角色亂穿衣裳，她確實是豐贍的、遼闊的，能從衣袖長短、衣領高低上看出了時代大氛圍——衣裳是衣裳，它能遮體、保暖；衣裳又不僅僅是衣裳，它總是披在一定的民族或文化的外面——

比親娘還親的好衣裳

——大紅繡花細腰短袍

張愛玲寫過無數妙言警句，她說西湖水是「妓女的洗臉水」，說一個女人嗓子粗啞，「彷彿吃糠長大的」，說婆婆媳婦像「貓和老鼠一樣，是一對天敵」。關於服裝，她這樣說：「人們沒有能力改良他們的生活情形，他們只能夠創造他們的貼身環境——那就是衣服，我們各人住在各人的衣服裏。」

每個人心情不同、出身不同、文化不同，經濟不同，每個人的衣飾自然不盡相同，有寒酸的有奢侈的，有樸素的有鮮艷的，有誇張的也有內斂的——張愛玲在小說裏寫過一個新娘子，極盡誇張，「人堆裏終於瞥見新娘子，現在喜娘也免了，由女家兩個女眷挽着，一身大紅繡花細腰短袍長裙，高高的個子，薄薄的肩膀，頭上頂着一方紅布，是較原始的時代的遺風，廉價的布染出來，比大紅緞子衣裙顏色暗些，發黑。那塊布不大，披到下頦底下，往外撅着，斧頭式的側影，像個怪物的大頭，在玉熹看來格外心驚——」新娘子裝扮確實令人心驚，全身上下只有一身大紅繡花的細腰短袍長裙是屬於新娘子的，頭上頂着一方紅布，而且

還有原始的時代的遺風，還是廉價的布染出來，甚至那塊布還披到下頦底下，往外撅着，斧頭式的側影，像個怪物的大頭——這還是新娘子嗎？

這其實有點類似於炎櫻的風格，除了那件大紅繡花細腰短袍長裙外，其餘皆有個性，張愛玲把自己對時裝的喜愛強加在新娘身上，她自己就曾這樣說過：「時裝的日新月異並不一定代表活潑的精神與新穎的思想，恰巧相反，它可以代表呆滯，由於其他活動範圍內的失敗，所有的創造力都流入衣服的區域裏去。」「軍閥來來去去，馬蹄後飛沙走石，跟着他們自己的官員、政府、法律，跌跌絆絆趕上去的時裝，也同樣千變萬化。短襖的下襬忽而圓、忽而尖、忽而六角形。女人的衣服往常是珠寶一般，沒有年紀的，隨時可以變賣的，然而在民國的當舖裏不復受歡迎了，因為過了時就一文不值。」——不過時永遠雷同，過了時就一文不值，所以才要自己設計，這方面無論炎櫻或張愛玲，都是行家裏手——有句俗話叫有奶便是娘，在張愛玲那裏，是有衣便是娘：為了一件頂時髦的雪青短襖長裙，她對着父親的姨太太、妓女出身的老八脫口而出：喜歡你——一件好衣在身，姨太太就勝過親娘。

當然，張愛玲雖愛衣，但她的眼光是毒辣的，打死她也不肯穿新娘子那身大紅繡花細腰短袍長裙——如果讓她頭上頂着一方紅布，而且還是較原始的時代的遺風，這可能還差不多，因為她就是要跟人家不一樣。

臆想中的美色

——青蓮色薄呢短外套

多年前買過一套印刷粗糙的《張愛玲全集》，那時我在一個文化單位，成天沒什麼事，把這套書翻爛了，癡迷張愛玲用色——不知是《第一爐香》還是《第二爐香》，寫一個美麗的女子大冬天穿一件青蓮色薄呢短外套，繫着大紅細褶綢裙，凍得直抖——我驚異女孩子身上那件青蓮色外套，青蓮色是什麼顏色？青青蓮葉顏色？還是青青蓮籽顏色？

《沉香屑．第一爐香》裏的葛薇龍是個貌美如花的女孩子：「喬琪和她握了手之後，依然把手插在褲袋裏，站在那裏微笑着，上上下下的打量着她。薇龍那天穿着一件瓷青薄綢旗袍，給他那雙綠眼睛一看，她覺得她的手臂像熱騰騰的牛奶似的，從青色的壺裏倒了出來，管也管不住，整個的自己全潑出來了。」瓷青色薄綢旗袍，和青蓮色薄呢短外套，哪一種顏色更好一些？我更傾向於葛薇龍的瓷青色，因為就視覺來說，瓷青色薄綢旗袍肯定比青蓮色薄呢短外套更出挑一點，更入眼一點，因為它是旗袍，在張愛玲時代，哪一種服飾能比得過旗袍？

旗袍因為展示東方女性美的神韻，一夜之間在上海灘紅得如火如荼，招引得富家女、女明星、風塵女趨之若鶩。女明星胡蝶發明在旗袍下襬上綴上三四寸長的蝴蝶邊，袖口縮至肘上，相應綴上蝴蝶褶。蝴蝶旗袍一上電影，立馬風行上海灘。另一位女星顧蘭君大膽將旗袍開叉至大腿深處，同時又在袖口開了半尺長的大叉，抬腿跨步，兩條玉腿若隱若現欲遮還露，顧蘭君新潮旗袍一時又成了滬上時髦女性新熱點。著名交際花薛錦園衣不炫人死不休，在旗袍四周鑲上一圈光彩奪目的珍珠花邊，當她在南京路大東舞廳和百樂門舞廳盛裝登場時，一時萬眾矚目，一夜之後，薛錦園旗袍又風靡海上。弄堂裏小家碧玉追不上大家閨秀，不敢像顧蘭君那樣豪放，也不能像薛錦園那樣奢侈，可畢竟是上海女子，她們也不甘落後，在旗袍領或袖上花盡心思下足功夫，發明了西服翻領、荷葉袖、開叉袖、荷葉邊、不對稱蕾絲邊等。或在外面加上西服外套、絨線衫、薄呢背心、脖子上繫紗巾或搭圍巾，從弄堂深處娉娉婷婷而至，盡顯優雅別致、風情萬種。

張愛玲本質上還是個保守的女子，她自己可以着前清老樣式襖褲，也可以穿一身擬古式齊膝夾襖，眾人圍觀，她飄飄欲仙——開叉至大腿的旗袍，那是打死她也不肯穿，她從來只讓筆下女子穿得優美絕倫，至於青蓮色或瓷青色到底是什麼樣的顏色，我相信她自己也分不清，她只是癡迷青蓮色、瓷青色這些字詞，癡迷自己臆想中的美色。

被迷戀的細節

——水鑽鑲邊的黑綢長褲

張愛玲筆下最難忘、最嫵媚的女人，應該是曼璐，曼璐的衣着最見風情，無論穿什麼衣服，她都能穿得妖嬈生姿，即便是一條最普通的黑綢長褲。

當然，穿在曼璐身上的黑綢長褲是不一般的，張愛玲通過世鈞的眼睛來寫曼璐：「世鈞見是兩杯茶，再抬起眼睛一看，原來曼璐已經進來了，從房間的另一頭遠遠走來，她穿着一件黑色的長旗袍，袍叉裏又露出水鑽鑲邊的黑綢長褲，踏在那藕灰絲絨大地毯上面，悄無聲息地走過來——」外穿黑色長旗袍，袍叉裏露出一條黑綢長褲，這頗有點類似於當今最時尚女生最流行的衣着——旗袍配牛仔褲。在衣着上，很多女人奉行的是沒有什麼協調或合適，只要我喜歡，曼璐很早就做到這一點，說曼璐做到還不如說張愛玲做到——如果真的是一條最普通的黑綢長褲，張愛玲絕不會喜歡，之所以讓曼璐穿上，是因為黑綢長褲上還有一道水鑽鑲邊，張愛玲迷戀衣上的這些細節，迷戀那些鑲和滾——

關於服裝上的鑲與滾，張愛玲筆下亦是如數家珍：「襖子有三鑲三滾，五鑲五滾，七鑲七滾之別，鑲滾之外，下襬與大襟上還閃爍着水鑽盤的梅花、菊花。袖上另釘有闌干的絲質花邊，寬約七寸，挖空鏤出福壽圖案——在不相干的事物上浪費了精力，正是中國有閒階級的一貫態度。」但是鑲與滾也好，水鑽盤的梅花和菊花也罷，都要被流行的時尚風吹落一地，張愛玲說：「火車開始在中國人的生活裏佔有重要位置，諸大商港的時新款式迅速傳入內地，衣褲漸漸縮小，闌干與闊滾條過了時，單剩下一條極窄的。扁的是韭菜邊，圓的是燈果邊，又稱線香滾。」

張愛玲是矛盾的，她喜歡那些鑲和滾，但你讓她穿曼璐的水鑽鑲邊的黑綢長褲她未必肯，就像她小時候老是盼望着快快長大，就覺得那時的日子「正像老棉鞋裏面，粉紅絨裏子上曬着的陽光，溫暖而遲慢」。可有時候發現因身體長高而使漂亮的衣裳穿不下時，又嫌日子過得太快了——某一年，她似乎只有八九歲，母親從國外歸來，帶了些衣料給她做衣服，其中一件蔥綠織錦的——張愛玲卻因「突然長高了一大截子」，新衣服「一次也沒有上身，已經不能穿」，在以後一段時間裏，她「一想到那件衣服便傷心」。

當然，水鑽鑲邊的黑綢長褲也不是什麼人都能穿，可以想見，又高又瘦的張愛玲若穿上它，整個人看上去，一定頗似民間皮影。張愛玲給人的感覺總是很怕冷的樣子——羅衾不耐五更寒，所以她選擇寬袍大袖是對的，用她自己的話說，她不但可以「住在衣服裏」，還可以躲在衣服裏。

時代的更迭與摩登的嬗變

——雪青閃藍小腳褲子

民國女子是如何穿着打扮的呢？讀張愛玲的小說便可知一二。

張愛玲對服裝的講究是出了名的，她筆下女主人公的服飾，每一款都按她的審美觀來設計。《金鎖記》中的曹七巧原是麻油店千金，嫁入豪門後，為了不被人看輕，在衣着上緊追潮流：「身上穿着銀紅衫子，蔥白線鑲滾，雪青閃藍如意小腳褲子」。辛亥革命後，一度掀起過女權運動，受男女平等思想的影響，上衣下褲成了女子的時興裝束。二十多年後，曹七巧的女兒長安長成了大姑娘，可仍待字閨中。當有人為她介紹對象時，她「換上了蘋果綠喬琪紗旗袍，高領圈，荷葉邊袖子，腰以下是半西式的百褶裙」。上面穿旗袍，下面穿百褶裙，這是滿漢女裝款式交融的結果，高領圈和鑲荷葉邊的袖子也都是當時的時尚，在母女身上，看見大時代在嬗變更迭。

雪青閃藍，這是最典型的張愛玲顏色，如意小腳褲子，是大時代背景下女子最時興裝束。很少有作家像張愛玲這樣，對筆下人物衣着細節如此關注。「五四」運動以後，漢族城鎮女子還是習慣於上穿襖下穿裙，窄袖長襖逐漸向喇叭袖短襖過渡，這時只有旗人才穿旗袍。同為上海作家，在巴金小說中，你就找不到穿旗袍的女人。巴金的小說對女性服飾描寫着墨不多，卻極具代表性：蕙「穿一件滾邊玉色湖縐短襖，繫粉紅裙子」——這是「五四」運動以後大家閨秀的典型裝束。婉兒「穿了一件玉色湖縐滾寬邊的袖子短、袖口大的時新短襖，繫了一條粉紅湖縐的百褶裙」。馮樂山給婉兒做喇叭袖的時髦短襖，原是為了給自己爭面子的，這身衣着表明了婉兒的侍妾身份。

張恨水是張愛玲喜歡的作家，可能同姓張吧，張愛玲對他高看一眼。《啼笑姻緣》中的陶太太是一個摩登的民國女子，她「穿了一件銀灰色綢子的長衫，只好齊平膝蓋，順長衫的四周邊沿都鑲了桃色的寬辮，辮子中間，有挑着藍色的細花，和亮晶晶的水鑽，她光了一截脖子，掛着一副珠圈，在素淨中自然顯出富麗來」。長衫的四周邊沿都鑲了桃色的寬辮，還有挑着藍色的細花和亮晶晶的水鑽——這已是接近張愛玲的用色，只是不像張愛玲那麼鋪張。

寫作與穿衣是張愛玲人生的全部，中學畢業後有極短的時間，張愛玲隨母親生活，母親給了她兩條路：要麼早早嫁人，省下學費做衣；要麼繼續讀書，衣裳是沒法做了。她選擇了後者。可她的愛衣之心不會死，得了一筆獎學金，立馬放肆地做了很多衣服。在衣着上，張愛玲與筆下愛穿雪青閃藍小腳褲的曹七巧驚人的一致，不同的是，曹七巧戀衣只是不想被人看輕，而張愛玲卻借衣塑造自己在後世長久不滅的人生傳奇。

歲月長與衣裳薄
——桃紅皺襉窄腳褲

張愛玲曾說過這樣一句話：讓戴眼鏡的人當眾摘下眼鏡，就像讓他當眾脫褲子一樣尷尬——這應該說的是男子。張愛玲時代，女子很少穿褲子，張愛玲更不會穿，她倒是寫過很多條褲子，比如這條桃紅皺襉窄腳褲。

這條褲子出現在《傾城之戀》中：「只見一個女的，披一頭漆黑的長髮，直垂到腳踝上，腳踝上套着赤金扭麻花鐲子，光着腳，底下看不仔細是否趿着拖鞋，上面微微露出一截印度式桃紅皺襉窄腳褲——」這是一條漂亮的褲子，印度式的、桃紅色的、還飾皺襉——張愛玲是衣飾專家，褲子的來歷她一清二楚，「民國以後，要求獨立的女子開始抗拒兩截穿衣之規」。要求像男性一樣穿長衫，於是，類似長衫的旗袍得以出現。當然，僅僅這樣對於女權主義來說還是不能滿足，她們要穿褲子，像男子一樣的褲子，這褲子當然是極其漂亮的，印度式的，桃紅色的，還飾有皺襉——

還真沒見過長大了的張愛玲着褲裝的照片，上海灘明星是有的，胡蝶、周璇、上官雲珠，都有着背帶褲裝騎馬、打網球的照片，男子般英俊颯爽。張愛玲不是這樣，胡蘭成說她：「頂天立地，世界都要起震動，是我的客廳今天變得不合適了。她原極講究衣裳，但她是個新來到世上的人，世人各種身份有各種值錢的衣料，而對於她則世上的東西都還沒有品極。她又像十七八歲正在成長中，身體與衣裳彼此叛逆。」胡蘭成印象是對的，張愛玲的身體與衣裳一直是彼此叛逆，似乎只有小時候，才有過和諧與妥貼——她回憶八歲到上海來的情景，只記得坐船經過黑水洋、綠水洋，黑的漆黑、綠的碧綠。還記得就是穿着打扮，「到上海，坐在馬車上，我是非常侉氣而快樂的，粉紅底子的洋紗衫褲上飛着藍蝴蝶。我們住着石庫門房子，紅油板壁，對於我，那也有一種緊緊的珠紅的快樂」。粉紅底子的洋紗褲上，還飛着一隻藍蝴蝶，這麼漂亮的褲子讓我想起那個胖胖的小愛玲，她那時似乎還不叫張愛玲，叫張煐。她這條粉紅底子飛着藍蝴蝶的洋紗衫褲應該很寬鬆，不像桃紅皺襇褲那樣的窄腳、緊逼。

關於窄腳褲，張愛玲分析說：「輕捷利落，容許有劇烈的活動，在十五世紀的意大利，因為衣褲緊小，肘彎膝蓋，筋骨接榫處非得開縫不可，中國衣服在革命醞釀時期差一點就脹裂開來了……鉛筆一般瘦的褲腳妙在給人一種伶仃無告的感覺。」張愛玲從來不穿窄腳褲子，她的衣着一向寬袍大袖，可回眸蒼茫風煙中的張愛玲，她的背影仍是那樣涼薄，那樣伶仃——在她身上，最能體會這六個字：歲月長，衣裳薄。

涼薄的記憶

——雪青軟緞小背心

張愛玲在《茉莉香片》中這樣寫道：「他終於因為憎惡劉媽的緣故，只求脫身，答應去見他父親與後母，他父親聶介臣，汗衫外面罩着一件油漬斑斑的雪青軟緞小背心，他後母蓬着頭，一身黑，面對面躺在煙舖上，他上前呼了一聲爸爸，媽——兩個人似理非理地應了一聲。」

雪青軟緞小背心，油漬斑斑的，還套在汗衫外面，躺在煙舖上——張愛玲是在寫她的父親，「後母蓬着頭，一身黑」——活脫脫就是她父親和後母，那是張愛玲極不喜歡的兩個人，「——我父親的家，那裏什麼我都看不起，鴉片，教我弟弟做《漢高祖論》的老先生，章回小說，懶洋洋灰撲撲地活下去」。父親在這裏是一個惡父，打她踢她，將她關在牢獄似的黑屋子裏，不給她治病，希望她死去。後母呢？讓她一個冬天穿一身舊棉袍，渾身像長了凍瘡，甚至，她還打過她一個嘴巴——《茉莉香片》寫的就是她家的生活，張愛玲不會虛構，她的小說靈感全來自於家族記憶，聶傳慶分明就是她弟弟，「他那窄窄的肩膀和細長的脖子又似乎是十六七歲發育未完全的樣子，穿了一件藍綢子夾袍，捧着一疊書，側着身子坐着，頭抵在玻璃上，蒙古型的鵝蛋臉，淡眉毛，吊梢眼，襯着後面粉霞緞一般的花光，很有幾分女性美。惟有他的鼻子卻是過分的高了一點，與那纖柔的臉龐犯了衝」。——張愛玲弟弟就是有幾分女性美的美少年，張愛玲多次說過：我弟弟很美而我卻一點不。《對照記》裏收有一張他的照片，淡紅色無領對襟褂，天青色褲子，頭上紮三個衝天小辮，眉清目秀的模子，漂亮得像一個小女孩。

張愛玲安排聶介臣穿一件雪青軟緞小背心並非無緣無故，她小的時候有過一件雪青絲絨短襖長裙——那一年她只有五歲，母親不在中國，父親的姨太太是一個年紀比他大的青樓女子，名喚老八，蒼白的瓜子臉，垂着長長的前劉海，她替張愛玲做了件頂時髦的雪青絲絨短襖長裙，拿給張愛玲穿：看我待你多好！你母親給你們做衣服，總是拿舊的東拼西改，哪兒捨得用整幅的絲絨？你喜歡我還是喜歡你母親？張愛玲可能太喜歡這雪青色的衣服，脫口而出：喜歡你。她還特地標明：「因為這次並沒有說謊。」

一件雪青色軟緞背心，一件雪青色絲絨短襖長裙，最終成了張愛玲對那幢她出生的、清末民初老房子最深切的記憶，兩段雪青色的記憶，一段單薄得像絲絨，一段涼薄得像綢緞。

姑娘們的野性

——淡灰舊羊皮大衣

顧曼楨在張愛玲筆下一出場，就穿着一件深灰色舊羊皮大衣，「——卻有一個少女朝外坐着，穿着件淡灰色的舊羊皮大衣，她面前只有一副杯箸，飯菜還沒上來，她彷彿等得很無聊似的，手上戴着紅絨線手套，便順手指緩緩往下抹着，一直抹到手丫裏，兩隻手指夾住一隻，只管輪流地抹着」。

張愛玲應該很喜歡皮衣，雖說穿皮衣有被視為暴發戶之嫌，她仍然喜歡，胡蘭成給她一筆錢，就歡歡喜喜拿去做了皮襖。她媽媽出國以後，曾採購過大量皮子，想開一家皮件廠。她媽媽離婚後在國外有了男朋友——一個非常漂亮的男人，是做皮件生意的，張子靜說：「一九三九年他們去了新加坡，在那裏搜集來自馬來西亞的鱷魚皮，加工製造手袋、腰帶等皮件出售。」但是生意似乎並不成功，後來回國，張愛玲去十六舖碼頭接，「她戴着黑鏡，很瘦，形容憔悴，她姑姑在一旁說：哎唷，好慘，瘦得唷！張愛玲在一邊只是哭」。後來那些鱷魚皮全留在張愛玲姑姑家，梅雨過後，張愛玲和姑姑拖到陽台上曬——那應該是一九三六年，她繞道東南亞，那裏出鱷魚，她買了一洋鐵箱子碧綠的鱷魚皮，她學會了裁製皮革。不過丟下那一大堆鱷魚皮可苦了張愛玲和姑姑，兩個人抬到陽台上曬，一步之遙的距離，抬也抬不起，拖也拖不動，多年後張愛玲想起來還視為苦差事——「雖然那一張張狹長的蕉葉似的柔軟的薄蛇皮實在可愛」。——後來的都市才流行起精巧的手工製作，張愛玲母親意識太超前，早做了二三十年，否則的話，她說不定能成為上海著名的皮件製造商。

《十八春》裏也提及皮衣，是翠芝穿的，不是顧曼楨的羊皮，而是豹皮——張愛玲寫道：「他立刻幫她穿上自己的那件貂大衣。翠芝是一件豹大衣，豹皮這樣東西雖然很普通，但是好壞大有區別，壞的就跟貓皮差不多，像翠芝這件是最上等的貨色，顏色黃澄澄的，上面的一個個黑圈圈得筆酣墨飽，但是也只有十八九歲的姑娘們穿着才好看，顯得活潑而稍帶一點野性。」

不管怎麼說，貂大衣和豹大衣過於炫耀，也許是翠芝剛從內陸省份來到上海灘，一時急於擺脫小家子氣，有點矯枉過正。顧曼楨的深灰舊羊皮大衣穿在身上，就顯得內斂而大氣，也不招搖。

不可複製的經典

——翡翠綠天鵝絨斗篷

張愛玲在《茉莉香片》中寫過翡翠綠天鵝絨斗篷，這種斗篷她在《色．戒》中也描寫過，不過那是黑呢斗篷，是汪偽官太太在孤島時期最時髦的裝束，當年在上海辦紅黑出版社的丁玲似乎也追逐過這種時髦。

翡翠綠天鵝絨斗篷穿起來應該比黑呢斗篷更大氣，起碼在張愛玲筆下是如此：「雲開處，冬天的微黃的月亮出來了，白蒼蒼的天與海在丹朱身後張開雲母石屏風。她披着翡翠綠天鵝絨斗篷，上面連着風兜，風兜的裏子是白色天鵝絨。在嚴冬她也喜歡穿白的，因為白色和她黝暗的皮膚是鮮明的對照。傳慶從來沒看見過她這麼盛裝過。」其實，天鵝絨斗篷實質上就是一件漂亮的翡翠綠的風衣，張愛玲接下去寫道：「風越發倡狂，把她的斗篷漲得圓鼓鼓的，直飄到她頭上去，她底下穿着一件綠陰陰的白絲絨長袍，乍一看，那斗篷浮在空中，彷彿一柄偌大的降落傘，傘底下飄飄蕩蕩墜着她瑩白的身軀——是月宮裏派來的傘兵麼？」

不管《茉莉香片》還是《色．戒》，斗篷出現都是很漂亮很大氣，李安可能深知湯

唯的缺陷，就沒讓她穿斗篷，似乎也知道她穿旗袍與《花樣年華》裏的張曼玉「別苗頭」一定要吃虧，所以他很聰明地為湯唯加了一件風衣，這一加，就讓湯唯風華絕代。

在很多導演的構思裏，老上海的女人都應該穿旗袍，他們不知道，老上海的女人其實也愛穿洋裝。如果仔細看過許多三四十年代的老照片，就會發現，當時時髦一點的中產階級女性，最時興的打扮是學外國電影裏女演員的裝扮，什麼西褲、短袖的白襯衫、風衣，搭配西式的帽子，手套也是點睛之筆。那時候青年男女愛看的美國電影《卡薩布蘭卡》裏，英格麗·褒曼穿的就是一襲風衣。自信的女人應該都敢穿風衣，因為風衣把曲線都遮掩起來，比拼的全是氣質。再明艷性感的女人，一穿上風衣，也會頓時幽婉幾分，舉手投足就會不一樣起來。穿風衣的女人風塵僕僕，心事重重，不是那種等人觀賞的穿旗袍的尤物，卻像是一個隨時隨地願意與心愛男子私奔天涯的情人。沒過膝蓋的風衣下襬，有一種大而無心的風雅，那份美是不經意間自然流露，隨風起舞。

李安不讓湯唯穿斗篷改穿風衣，這一招太聰明、太懂女人。湯唯燙着剛到頸項的鬈髮、露出美麗的額頭、戴一頂小圓帽，再穿上那一襲風衣，一回眸的神態溫婉動人、傾國傾城——她只有這樣穿，只能這樣穿，所以湯唯才能一紅驚艷，換作任何女人都不行——經典的造型，就在那不可重現的一瞬間，不是誰都可以複製的。

闊太太的異域風情

——雙行橫扣的黑呢斗篷

張愛玲在小說《色．戒》中寫到一種很特別的着裝：黑呢斗篷——「左右首兩個太太穿着黑呢斗篷，翻領下露出一根沉重的金鏈條，雙行橫牽過去扣住領口。戰時上海因為與外界隔絕，與出一些本地的時裝。淪陷區金子畸形的貴，這麼粗的金鎖鏈價值不貲，用來代替大衣紐扣，不村不俗，又可以穿在外面招搖過市，因此成為政府官太太的制服，也許還受重慶的影響，覺得黑大氅最莊嚴大方。」

一件服飾的流行從來都不是偶然的，與經濟文化地域緊密相關，因為是在戰時，因為又是官太太的着裝，兩個必要條件作底，黑呢斗篷，而且還是雙行橫扣並且以金鎖鏈代替紐扣的黑呢斗篷就應運而生，它出現在《色．戒》中無疑是最恰當的。《色．戒》應該算是一篇紀實小說，寫的是一個真實的故事，鄭蘋茹刺殺丁默村，讀過這部小說的人，都會記住鄭蘋茹那身電藍水漬紋緞齊膝旗袍——當然，在小說中她是王佳芝，在電影中她是湯唯。當年鄭蘋茹住在萬宜坊，離張愛玲所住的常德公寓並不遠，當年這裏一棟房子要幾十根金條，上海

的頂級時裝店「綠夫人時裝沙龍」就在這裏，這間「綠屋」是上海名媛明星逛街必訪之地，想必張愛玲或鄭蘋茹是這裏的常客，張愛玲的桃紅色軟緞旗袍，鄭蘋茹的電藍水漬紋緞齊膝旗袍都是在這裏定製的吧？還有官太太的雙行橫扣的黑呢斗篷。據說，當時的「綠屋」經營策略十分獨特，從衣服、鞋帽到各種配飾一應俱全，任何一個女子走進去，出來就能從頭到腳脫胎換骨，但代價也是非同一般的昂貴。孤島時期的上海灘其實物資緊缺，布亦是緊俏商品，高官的太太愛穿黑呢斗篷，但是官方卻很難找到真正的黑呢子或黃呢子做軍裝，於是就到鄉下收購那種麻布，回來染成黑色或黃色，《色．戒》小說中提到用厚厚的黃呢布做窗簾，在當時算得上相當的奢侈品了。

美女特務鄭蘋茹，她家境富有，還上過《良友畫報》封面女郎，這在當時富家女中是一種新時髦。另一種時髦就是用皮貨做領子，顯示一種富貴身份。鄭蘋茹刺殺丁默村就發生在張愛玲居住的靜安寺西比利亞皮貨店，這家皮貨店現在還在，只是搬離了此地，店裏牆面上貼滿了幾十年來的老照片。緊鄰這家皮貨店的，是珠寶店，李安為了拍《色．戒》，特地搭了這個景，珠寶店就是張愛玲的好友炎櫻家開的。炎櫻家是斯里蘭卡人，一解放炎櫻父親就走了，珠寶店盤給大弟子陳福昌，文化大革命一到，店就關門了——珠寶也好，時裝也罷，都是與時代格格不入的東西，全都要掃進垃圾堆。

雙行橫扣的黑呢斗篷，似乎後來再也沒在中國大陸出現過，不過它出現在張愛玲的小說，在一片姹紫嫣紅之間，給我們帶來一股另類別致的異域風情。

曼妙玲瓏的新時髦
——玫瑰紫絨線衫

電影《茉莉花開》中章子怡有一件衣裳，是一件蘋果綠鏤空花絨線衫——上海中老年影迷看到會倍感親切，因為這鏤空花型是他們熟悉的，這是滬上著名絨線花樣設計師馮秋萍女士代表作品：孔雀尾花樣——就憑這一個小小的花型，老上海味道就出來了。

絨線衫在張愛玲時代是時髦衣裳，張愛玲多次在作品中提起過：「她是個血肉之軀的人，不是他所做的虛無飄渺的夢。她身上的玫瑰紫絨線衫是心跳的絨線衫——他看見她的心跳，她覺得他的心跳。」一件絨線衫，他看到了心跳，她也感覺到心跳，玫瑰紫是玫瑰的顏色，是愛情的霓裳，愛情對血肉之軀來說，不是虛無飄渺的夢，是肌膚之親，是體恤，是感恩。

時光回到老上海時代，時髦的上海女人都有幾件手工的絨線衫，罩在旗袍外面，裏外素艷搭配，賓主分明，既擋住了瑟瑟秋風，又不減曼妙玲瓏的曲線，一時大受歡迎。作家程乃珊曾描寫過，當時時髦女性尤其是年輕的太太，都以穿毛線衫為時尚，打毛衣則是一件極為時髦的女紅。年輕太太到「紅房子」吃法式大菜，到「凱司令」喝下午茶，在家裏聽着收音機織毛衣，都是最風雅的事情。當時大名鼎鼎的絨線編結專家黃培英開了一家編結傳習所，專教女子織毛衣，她獨創的桃、李、梅、薔薇等鏤空花型毛衣，是當時上海明星淑女的時髦外套。《茉莉花開》中章子怡那件蘋果綠鏤空花絨線衫便是。後來黃培英寫了一本書《培英絲毛線編結法》，發行高達三十萬冊，風行一時。另一位馮秋萍不甘落後，在電台講授毛衣編織，從三十年代到五十年代，聽眾無數，紅極一時。據說馮秋萍講課甚至請來明星造勢，周璇、白楊、上官雲珠、童芷苓、竺水招、徐玉蘭、尹桂芳都來捧場，明星們的報酬很低，就是贈送一件絨線衫——絨線衫的價格在當時也是很高的。

這樣的新時髦張愛玲當然不會錯過，在《半生緣》裏，她這樣寫：「只看見曼楨露在外面的一大截子手臂浴在月光中，似乎特別的白，她今天也仍舊穿了件深藍布旗袍，上面罩着一件淡綠的短袖絨線衫，胸前一排綠珠紐子，今天下午她在辦公室裏也就是穿着這一身衣服。」

那個時候毛線並不單單織衣，也織圍巾和帽子，張愛玲小說中還提到過用它織襪子——在《等》中就有這麼一段：「孩子並沒有哭的意思，坐在她懷裏像一塊病態的豬油，碎花開襠褲與灰紅條子毛線襪之間，露出一段凍膩的小白腿。」

絨線的一大妙處就是由着性子編織，織成開衫不好看，可以拆了織成襪子或長圍巾，一個上海女人坐在老房子織絨線，織了拆，拆了織，一生的光陰就在長長長長的絨線中悠然而逝。而她們的命運，一旦編織成，就再也拆不開——比如張愛玲誤嫁了胡蘭成，後來倒是散了，可她的心彷彿成了千瘡百孔的舊絨衣，還能再拆了重織嗎？

古典唯美的聯想

——藕色緞子繡花鞋

張愛玲似乎特別愛穿繡花鞋，曾經買過一雙雙鳳繡花鞋，胡蘭成特別喜歡，所以胡蘭成一回家，她就將鞋子穿在腳上，以示取悅。在小說中，她多次寫過繡花鞋。

《十八春》裏的翠芝就喜歡穿繡花鞋，「翠芝上樓去轉了一轉，又下樓來，站在旁邊看牌。一鵬恰巧把一張牌掉在地上，彎下腰去撿，一眼看見翠芝腳上穿着一雙簇新的藕色緞子夾金線繡花鞋，便笑道：呵！這雙鞋子真漂亮」。就是一鵬無意中的一句話，讓叔惠留心到翠芝，為後面故事發展埋下伏筆：「他在上海讀書的時候，專門追求皇后校花，像翠芝這樣的內地小姐他自然有點看不上眼，覺得太過呆板，不夠味。可是經他這樣一說，叔惠卻不由得向翠芝腳上看了一眼，他記得她剛才不是穿的這樣一雙鞋，大概因為皮鞋在雨裏踩濕了，所以一回家就另外換了一雙。」這當然是一雙十分漂亮的手工繡花鞋，藕色的緞子，還夾有金線，這樣的繡花鞋穿在翠芝這樣的女孩子腳上，可以想見多麼迷人，悄無聲息地踏着落花，走走或停停，男孩子看上一眼，也會愛上穿繡花鞋的主人吧？

繡花鞋總是和月光與落花聯繫在一起，與青衫與老屋聯繫在一起：穿絲綢的女子一臉愁容，繡花緞子鞋踏在青石台階上悄靜無聲，梅花的淡影，蟋蟀低泣如風中遠逝的簫聲，生肺病的書生低低的吟哦，文房四寶蒙着灰塵，遺落在青磚地上的絲帕，風吹動的古畫，壓抑的喘息，紙燈籠照着廊簷下一樹落花，微雨過後廂房裏三兩聲的黃梅調——這些古典又唯美的聯想才是張愛玲喜歡繡花鞋的緣由。在《怨女》中她還寫過一雙黑色繡花鞋，「這次顧太太和曼楨看得十分真切，那女人年紀總有三十開外了，一張棗核臉，腳上是一雙窄窄的黑繡花鞋，白緞滾口，鞋頭繡着一朵白蟹爪菊。鴻才跟在她後面出來，便搶先一步，上前介紹道：「這是何太太，這是我岳母，這是我太太——」在張愛玲筆下，即便是一雙黑色的繡花鞋，也還是好看的，鞋頭上繡着一朵白蟹爪菊，黑白相間，黑白分明，像上了年紀的上海女人那種精明，又有幾分尊貴與練達，穿在何太太腳上，無疑很合適。

三雙繡花鞋分別為粉紅色、藕荷色和黑色，三種顏色其實也象徵女人的三個階級：藕荷色為少女，那是作為女學生的翠芝，青澀如一枝剛出水的新荷。粉紅色為少婦，帶着初婚的甜蜜，像五月枝頭的石榴花，當然不似榴花紅似火，它是粉紅色，多了些微低眉與平淡。黑色為婦人，她還並不老，儘管是一雙黑色鞋子，也要繡上一朵白蟹爪菊，讓持重裏多幾分佻達——《怨女》中的銀娣似乎最會繡花，她婚前做繡花鞋，在鞋面上繡出名為「錯到底」的花邊，那花邊應該就是她後半生的象徵，也是張愛玲自己命運的象徵。

美不勝收的詩意與高貴

——夜藍縐紗包頭

張愛玲服飾用色十分迷人：櫻桃紅、青蓮色、瓦灰、電藍——她還寫過一種夜藍色，夜空一樣的藍色，是不是藍得像複寫紙那樣的顏色？那就是星光燦爛的夏夜顏色。

夜藍顏色出現在小說《沉香屑．第一爐香》中，一場麻將過後，「睇睇斜靠在牌桌子邊，把麻將牌慢吞吞地擄了起來，有一搭沒一搭地丟在紫檀盒子裏，唏裏嘩啦一片響。梁太太紮着夜藍縐紗包頭，耳邊露出兩粒鑽石墜子，一閃一閃，像是擠着眼在笑呢」。張愛玲的想像是奇特的，她竟然想像出夜藍的顏色，我估計除她之外不可能有第二個人會這樣用色，而且還是如此詩意、美不勝收的顏色。夜藍縐紗包頭應該是一種裝飾，想像中應該是那種既可以當頭巾、又可以當圍巾甚至可以當披肩的裝飾。梁太太的年紀說大不大，說小也不小了，太嬌艷的顏色當然不合適，但是過於沉重古板的顏色她也不想要，藍雖然太過普通，不過如果是夜藍這樣獨特，肯定會讓人多看一眼。再平凡的縐紗包頭，因為夜藍的顏色，也會變得高貴甚至詩意起來。一件很普通的女人飾品，因為用色獨到，也會讓女人心生歡喜。張愛玲的審美在她的小說中遍地開花，女人在服飾上，是那麼容易滿足，又那麼不容易滿足，她們像一群貪吃不夠的饞嘴巴小孩，女人很多時候就是長不大的小孩子，張愛玲亦如此。

除夜藍縐紗包頭外，張愛玲還寫過各色手絹。那時候男人女人從來不用餐巾紙，他們用手絹，優美的手絹，環保又雅致，可以重複利用，被現代人丟棄多麼可惜。《沉香屑．第一爐香》中就出現過手絹：「睨兒正在樓下的浴室裏洗東西，小手絹子貼滿了一牆，蘋果綠、琥珀色、煙藍、桃紅、竹青、一方塊一方塊的，有齊齊整整的，也有歪歪斜斜的，倒很有些畫意。」貼了一牆的手絹五顏六色的，多麼好看，蘋果綠、琥珀色、煙藍、竹青、桃紅——哪一款顏色不迷人？也只有張愛玲才會這樣用色，才會將揣在口袋裏的一方手絹皴染得色彩繽紛——

手絹再漂亮揣在口袋裏沒人看得到，而包頭是包在頭上讓人注目的，包頭的顏色似乎比手絹更加重要——其實在《沉香屑．第二爐香》中，薇龍也是喜歡用包頭的，「薇龍有一種虛飃飃的不真實的感覺——恍恍惚惚，似乎在夢境中。薇龍穿着白褲子，赤銅色的襯衫，灑着鏽綠圓點子，一色的包頭，被風吹褪到了腦後，露出長長的微鬈的前劉海來——」一色的包頭，應該是赤銅色的包頭，配上赤銅色的襯衫，還灑着鏽綠色的圓點子，美女葛薇龍這一身打扮，摩登又現代，怕只有上海灘上的女明星可媲美。只要她願意，她是可以做明星的，當年上海富家小姐一大時髦，就是花錢做《良友畫報》封面女郎，着褲裝揮網球拍，男生一樣灑脫，當然還可以包上包頭。不過似乎這種夜藍縐紗包頭不適合摩登女郎，適合她們的，應該是葛薇龍的赤銅色、還灑着繡綠色圓點子的布包頭——

樸素的美好與善良的純真

——紅藍格子小圍巾

所有張愛玲小說中，我最喜歡的一個女性形象就是《十八春》中的曼楨，曼楨似乎也是張愛玲心中美好的女性：「樸素、善良、略帶一點害羞，圍着一條紅藍格子的小圍巾，（這是多麼漂亮的圍巾，）襯着深藍色罩袍，像一個大二女生的打扮，藍布罩袍已經洗得絨兜兜的泛了灰白，那顏色倒有一種溫雅的感覺。」

不管男人或女人，喜歡圍巾總顯得文靜而雅致，當年郁達夫去看落難的沈從文，不但將口袋中的錢悉數拿出，還解下脖子上的長圍巾給他抵擋風寒。對於戀衣成癖的張愛玲來說，圍巾當然是她的愛物，那一條紅藍格子的小圍巾，她將它繫在筆下美好的女子曼楨身上，恰如其分地烘托了人物的純真與潔淨。張愛玲去世時，遺物中除了鞋子、手錶和口紅眉筆外，當然少不了一條圍巾，不過不是曼楨圍的那條紅藍格子的小圍巾——圍巾似乎也成了張愛玲身份的特徵，有一首流行歌叫《張愛玲》：開始害怕水有心／回憶正在霧裏搖呀搖／得不到安寧／長馬褂白圍巾／徐志摩看的星星／這夜色有點張愛玲——應該是白圍巾，晚年的張愛玲只能圍白圍巾。有一次胡適來看張愛玲，那時候她似乎是住在難民營裏，胡適坐了一會兒，張愛玲送他走，在台階上兩個人站着說話，「天冷風大，從赫德森河吹來，胡適望着河上的霧，笑瞇瞇地看怔住了。我也跟着向河上望過去微笑着，可是彷彿有一陣悲風，隔着十萬八千里從時代的深處吹出來，吹得眼睛都睜不開。那是我最後一次看見適之先生」。那天胡適先生「圍巾裹得嚴嚴的，脖子縮在半舊的黑大衣裏，厚實的肩背，頭臉相當大，整個凝成一座古銅半身像」。

張愛玲年輕時肯定也繫過曼楨那種紅藍格子的小圍巾，女人與女人之間更容易溝通，三毛後來寫《滾滾紅塵》，圍巾就成了塑造張愛玲的一個重要道具，不過不再是紅藍格子那種，而是變成暗紅色——她光着腳踩在那個男人腳上跳舞，一條暗紅的圍巾纏繞着兩人，相望纏綿。能才承載着她的身體舞着，那條暗紅的圍巾，是旖旎的，暗紅得曖昧，因為那份感情看不到結果，終成灰燼的，於是只有讓它綻放，就像花，讓它開到荼蘼，炙烈而又壓抑——多年以後，三毛到新疆去看王洛賓，她戴着墨鏡，穿着風衣，繫一條白色圍巾。不久以後她離開人世時，用的卻是一條絲襪。也有女人用圍巾結束生命，比如舞者鄧肯，鄧肯死於一條霞紅色圍巾。

張愛玲走得很安靜，她沒有驚擾任何人，她將那條她喜愛的圍巾細心疊好，放在身邊，然後安然睡去，身邊那條圍巾紅得像朝霞，但更像晚霞。

一次性的一輩子的錯愛

——白兔子皮絨拖鞋

在張愛玲遺物中，有很多雙拖鞋，「那些鞋子以平底為主，顏色幾乎都是黑白兩色——很多鞋子都是毛巾質地的，那種鞋子有點像拖鞋，她也很懶，穿完了都不洗，直接扔掉再穿新的」。晚年的張愛玲，除了到附近超市購物外，幾乎足不出戶，一次性拖鞋成了她唯一的鞋子。

張愛玲在《十八春》裏寫過一雙白兔子皮絨拖鞋，這樣漂亮的絨拖鞋當然要屬於美女曼璐：「她站起來說：你要明白，我嫁你又不是圖你錢，你這點面子都不給我。她在一張沙發上撲通坐下來，她有這麼一個習慣，一坐下便把兩腳往上一縮，蜷曲在沙發上面，腳上穿着一雙白兔子皮鑲邊的紫紅絨拖鞋，她低着頭扭着身子，用手撫摸那兔子皮，像撫摸一隻貓似的——」曼璐現在什麼名頭都可以不要了，只有唯一的一個要求：能公開地嫁給祝鴻才。就這一點祝鴻才仍不能滿足了。

曼璐對祝鴻才有愛情嗎？沒有。祝鴻才對她有愛情嗎？也沒有。女人不過是為了穿衣吃飯數錢睡覺才纏着他，他們的姻緣不可能天長地久，曼璐只是一廂情願地想天長地久一點，最後把妹妹曼楨的青春也搭上。

張愛玲晚年穿上一次性拖鞋可能實屬無奈，她最喜愛的，還是繡花鞋和織錦鞋，在《鴻鸞禧》中，她這樣寫道：「玉清還買了軟緞繡花的睡衣，相配的繡花浴衣，織錦的絲棉浴衣，金織錦拖鞋，金琺瑯粉鏡，有拉鏈的雞皮小粉鏡。她認為一個女人一生只有這一個任性的時候，不能不盡量使用她的權利，因為看見什麼買什麼，來不及買，心裏有一種決撒的，悲涼的感覺，所以她的辦嫁妝的悲哀並不完全是裝出來的。」——凋落的大戶人家嫁女兒就是這樣複雜，一言難盡，七拼八湊湊出五萬元，為了配一件玫瑰紅旗袍穿的一雙鞋子，四處尋覓覓不到合適的，叫針線姨趕做，卻橫豎不滿意。兩個小姑子看着又來氣，就為了這些繡花浴衣、織錦浴衣和織錦拖鞋，矛盾叢生——張愛玲說，女人一生只有這一個任性的時候。太任性的女人，婚事被她弄得喜氣蕩然無存。不過，在張愛玲筆下，你也很難找得到什麼花好月圓或金玉良緣。

張愛玲曾說過這樣的話：每一件衣裳裏都有一個故事。拖鞋不是衣飾，可它裏面照樣也有故事，只是這些故事看起來大同小異也沒有新意，而且還叫人難受。

三、光影霓裳

李安鏡頭裏的「色鬼」與「色魔」

——寶藍色暗花旗袍

老上海夜空是一片晶瑩的寶藍色，寶藍色是張愛玲的最愛，李安放大了張愛玲的愛，將它嫁接到麥太太王佳芝身上，讓她在不同的場合都穿同一種「清剛明亮」（張愛玲語）的顏色——寶藍色，彷彿裹着一片老上海的夜空。

在所有張愛玲電影中，《色．戒》是霓裳繽紛的一部，女人們圍坐在一起喝茶聊天打麻將，就是一片花團錦簇。在這片五光十色中，麥太太的寶藍色是最出挑的，李安不僅僅是「色鬼」，應該是比「色鬼」更進一步，是「色魔」，他的用色是神來之筆，他昇華了張愛玲所迷戀的寶藍色——某一個鏡頭中，暗灰的天幕下，一身寶藍色旗袍的王佳芝緩緩步出，那一身寶藍色襯托着她嬌嫩無比的容顏，翹起的月牙形嘴角微微翕動——在這裏，易先生的眼光有狼的貪婪，一向愛用眼放電的梁朝偉再現了老易禿鷲般的陰沉與貪婪，這是情慾噴薄的時刻，與其說是王佳芝俘虜了老易，不如說是寶藍色打動了他——在老易的眼裏，寶藍色其實就是美色，是他無法戒掉的女色。王佳芝坐在麻將桌邊，一身無袖的寶藍色旗袍，領口處是鏤空的，肉色隱約，慾望潛藏。王佳芝面色沉靜心動如水，她有十二分的自信老易會撲來，像飛蛾撲火。老易是狡猾的，三缺一，頂一下，他踟躕再三，最終還是在麻將桌邊坐下來，內心慾望太強大了，老易自己不聽自己的話，或者說是他的身體叛逆了心靈。所以我們才看到王佳芝在裁縫店裏穿上那件寶藍色旗袍時，老易抽着煙低低地命令道：「穿着！」聲音果斷、低沉、利落，就像他在某個時刻命令部下開槍一樣。

作為上海灘長大的愛國女生王佳芝，對霓裳的迷戀曾經是她生活的全部，李安對王佳芝的理解準確到位，這緣自於對張愛玲的偏愛。他從高度整體把握張愛玲，再化整為零，讓張愛玲的韻味瀰散在他的音樂之間，光影深處。這是記憶最深的畫面：王佳芝去接易太太，應該是在香港中環，她一身土黃色布條紋旗袍，相同顏色的布帽子，有點遲疑地走過寂寥的街頭。圍牆上有大團大團盛開的紫色的花，藍天白雲之下，鳥在鳴唱——李安的色彩，張愛玲的感覺，音樂般的美感便是這樣的情景交融、恍惚的、顫慄的，就像老易送王佳芝回家，那份斑駁光影，花影一樣從他們身上輕輕劃過——這一刻暗藍的夜空就是寶藍色的，樓梯上的紋飾畫在牆壁上。寶藍色在這裏是慾望的顏色，王佳芝最後一絲不掛地褪去了它，在與老易的肉體博弈中，女人自我的心靈與身體也在博弈，最終打了個平手。這讓人想起《滾滾紅塵》中韶華問月鳳的那句話：「女人的身子是不是跟着心靈走？」月鳳答：「女人是，男人不是。」

王佳芝正是這樣的女人，身體被心靈牽引，走上一條不歸之路——這是女人的愛，愛情至上的張愛玲不可能放棄這樣的愛情經典。

難以壓制的熟女風情

——黑白相間的花布帽

作為電影的《紅玫瑰與白玫瑰》，它與小說如此不同，從頭到尾壓抑的黑白兩色，就如同王嬌蕊頭上自始至終戴着的那頂黑白相間的花布帽。

應該是花布帽，就是一頂高高的奇怪的布帽子，即便是一頂布帽子，而且還是單調的黑白兩色，陳沖的風韻也難以壓制，照樣讓我們窺見一個成熟女人的萬種風情，這風情來自於她的經歷——張愛玲筆下的王嬌蕊是倫敦的交際花，「一件條紋布浴衣，不曾繫帶，鬆鬆合在身上，從那淡墨條子上約略可以猜出身體的輪廓，一條一條，一寸寸都是活的。世人只說寬袍大袖的古裝不宜於曲線美，振保現在才知道這話是然而不然」。在電影中，王嬌蕊始終是一身黑白，黑外套，白內衣，一如張愛玲擬古式齊膝夾襖，雖說不是寬袍大袖，但是同樣飾有一朵一朵舒捲的雲頭。有時是一襲中式黑衣，紐襻處有白色方塊圖案，十分別致——將黑白兩色穿得如此美艷妖嬈，怕只有陳沖才能做到，她就站在那裏等待佟振保，或者說是陳沖在等待趙文瑄。振保說：「看見你，不俏皮也變得俏皮了……你還沒玩夠啊？」王嬌蕊俏皮且有點無恥地說：「一個人學會了一樣本事，總不能放着不用？」那是王嬌蕊與佟振保發生肉體合歡之後，振保不愛她幾乎是不可能了，因為她「一條一條，一寸寸都是活的」。他其實是個脆弱的人，受不了女人的誘惑與挑釁。早在巴黎時，那個流連於街頭的她，「在黑累絲紗底下穿着紅襯裙」，同樣讓他意亂情迷，甚至失了童貞。他不是花心的人，他將好女人與娼妓分得很清，他的生活其實是中規中矩，一如電影中他一身藍色豎條紋西裝，那也是中規中矩的着裝——他的偶爾放縱是一個都市男子的必然過渡，從藍色條紋西裝，過渡到灰色長袍，一個「白鐵鬧鐘」式的（張愛玲語）略顯疲倦的小男人形象，在某種無奈中被生活塑造完成。

按我的想像，關錦鵬的《紅玫瑰與白玫瑰》應該是熱烈的，像花園裏大朵大朵盛開的嬌艷欲滴的玫瑰，小說中張愛玲最起碼還寫了一條「鮮辣的潮濕的綠色」曳地長袍，而關錦鵬的王嬌蕊始終一身黑白，黑白博弈中，被情慾折磨的一對男女，像電影中的某個鏡頭：振保坐着電梯沉入黑暗之中，王嬌蕊一路追下去——我覺得這個鏡頭充滿隱喻，佟振保其實和王嬌蕊一同沉入世俗深處，那是人性深不可測的淵藪。

唯一的光亮來自於那個被冷落的、性饑渴的煙麗，她一身紅白相間的旗袍，和小裁縫在一起，她臉上那種光亮就是愛情的光芒，將整個人照耀得格外漂亮。一如一夜歡情以後，出現在振保面前的嬌蕊，她頭上就戴着那隻黑白相間的布帽子，也許說花布巾更合適一些，但我更願意稱它花布帽，它高高聳立在王嬌蕊的頭上，恍惚間看來，她依然還是倫敦名利場上的交際花。

許鞍華的飄逸與逶迤

——風衣式的米色呢大衣

許鞍華在《半生緣》裏，把時間永遠設定在深秋或初冬——只要有男女主角出場，永遠就是一襲風衣式的呢大衣，人字呢、雪花呢的大衣，米黃色或雪青色大衣，從上海弄堂裏飄逸而過，逶迤遠去，拂動的衣角與裙襬處，有人生無盡的肅殺與悲涼。

顧曼楨、沈世鈞、許叔惠，或者說吳倩蓮、黎明與黃磊，他們的經典造型就是大衣與圍巾，一看便知是張愛玲的審美，老上海三十年代的審美，它深深影響了許鞍華。半生緣在這裏其實就是一世情，不管是男女之愛還是姐妹之情，感情不同情感相通，仇恨過殘害過，最後亡的亡了，嫁的嫁了，命運就是這樣寒冽與凜冽，有暴雨如注電閃雷鳴的夏夜，也有大雪撲面風刀霜劍的嚴冬——愛過，便永遠不能忘記，恍惚的剎那煙花隱藏在某個不為人知的角落，不經意時分，它是不能觸碰的隱痛，像《半生緣》中某個鏡頭：顧曼楨腋下夾着書本從幽暗的樓道間走來，光亮從遙遠的另一端透過，她一身風衣式米色呢大衣，有點飄搖地走過長長的甬道。許鞍華的甬道其實別具匠心，它是時光隧道，一頭是蒼涼的手勢，一頭是無望的青春，不堪回首的片斷，才是最值得回味的命運橫截面：三個年輕人在落葉蕭蕭的樹林裏拍照，每人一襲長長的風衣式的呢大衣，一條長長的圍巾。不同的是，沈世鈞的圍巾是黑色的，許叔惠是紅色的，而顧曼楨永遠是一條花格子的小圍巾——輪到她與沈世鈞拍照，底片沒有了，這是人生詭異的暗示，幾乎就是從這一刻開始，他們的命運就連結在一起，糾結、交纏，理不清、斬不斷。一次又一次，他們穿過老上海幽暗的弄堂，穿過女傭晾衣、娘姨擇菜的弄堂，這其實不是電影場景，而是生命場景，老上海的故事，總在這樣的背景下隆重登場，不管它是短短的《傾城之戀》，還是長長的《十八春》。

早先拍《傾城之戀》，對許鞍華來說，只是初次結識張愛玲，作為一個女導演，她對女作家的作品有一份先天的認同——從服飾角度上分析人物，許鞍華抓住了張愛玲的本質，《傾城之戀》獲得過台灣金馬獎服裝設計獎，現在看來一點也不偶然，許鞍華用筆簡樸而寂寥，與《半生緣》完全不同。《半生緣》的服裝就是詩意與感傷——千言萬語，寄託在男女主人翁那一款款式樣相同、顏色接近的風衣式大衣上。許鞍華說：拍《傾城之戀》時我對張愛玲相當陌生，而到了《半生緣》，則到了一種出神入化的境界，常常與張愛玲合二為一——雖然不同年代的張愛玲也在變化之中，但是不管絲綢錦緞抑或寬袍大袖，她喜歡服裝的飄逸感一直沒變，《半生緣》裏，許鞍華又一次把準了張愛玲的脈。所以，在電影的最後，我們都聽到了沈世鈞那句最經典的台詞：「穿了我的衣服，就是我的人」。這樣的求婚最得張愛玲神韻。

鄉村的曖昧與抒情

——藍印花布兜

北方村街上，章能才（胡蘭成）帶着沈韶華（張愛玲）來逛街，元隆號布店裏，一匹印花布擱在台板上，藍底清靜，白花素樸——是沈韶華的期盼，也是張愛玲的念想，她一定願意着一身藍印花布服，低伏下身子去做胡蘭成女人，哪怕一直「低到塵埃裏」，像那個和章能才在一起、最後又提着布兜出走的村婦——那隻藍印花布兜，是鄉村才有的曖昧與抒情。

這是電影《滾滾紅塵》裏的鏡頭，涼薄的藍印花布，像一面旗幟，從滾滾紅塵中升起，在村街上飄搖。如果要繡幾個字，應該就是「歲月靜好，現世安穩」。張愛玲一生端坐在滾滾紅塵中，作為一個女人，她的渴望泥土一樣單調，野草一樣平常，也就是「歲月靜好，現世安穩」。曾經的她最喜愛寶藍色，在電影裏，嚴浩將寶藍的藍還原成藍草的藍，不是蘭草，是藍草。同樣一個「藍」字，寶藍與靛藍絕然不同，寶藍是富貴的炫目，靛藍有鄉間的幽靜。老上海紅塵萬丈，寶藍明亮如夏日藍天，是張愛玲的獨特發現，一片亮烈的藍，讓人想起金屬。而藍草的藍只屬於鄉村，一如蘆花的白與菜花的黃，是植物的色彩，溫和而質樸。多年以前，白蘆花雪花一樣飄飛，黃菜花洪水一樣氾濫，民間藝人挑着細篾竹籮從長長長長的板橋上經過，走進我童年那個鄉愁瀰漫的村落，然後一聲吆喝：紮青，染藍——民間藝人帶着濃郁的藍草氣息，一雙藍色的手伸出來，像傳說中的神仙。

「紮青——染藍！」的吆喝，《滾滾紅塵》中玉蘭應該聽到過，她是生活在小說中的人，是另一個張愛玲。她的形象總令我想起胡蘭成前妻唐玉鳳，玉蘭其實就是玉鳳，一個本分的、微胖的、在春天山上採茶的鄉村姑娘。她如果一身藍印花布，那應該比張愛玲更像一位中國姑娘。在章能才眼裏，他其實更愛唐玉鳳，或者說在逃亡之旅，胡蘭成更需要玉鳳，所以章能才這樣對沈韶華說：「在這裏，她不能跟你比。」沈韶華聞言立眉大怒：「拿我跟那個女人比？」 張愛玲不能與唐玉鳳比，就像玉鳳不能和玉蘭比，就像藍印花布兜不能與寶藍色綢袍比。對沈韶華來說，穿一身碎蘭花旗袍與章能才共坐一輛黃包車，才會令她心花怒放。或者一身淺咖啡色旗袍，前袖後襟佈滿小花生樣紋飾，頭頂有枝型吊燈，面前是飄搖燭光，外國侍者的小提琴如泣如訴……這是《滾滾紅塵》中動人的一瞬，包括沈韶華用一件猩紅的披風纏裹住兩個人翩翩起舞——這其實是一場優雅的心靈之舞，愛情就是心靈舞蹈，猩紅色披風一如燃燒的火焰，相愛的人投入激情，然後在慾火中焚身。

藍印花布兜只是閒閒一筆，它無論出現在哪兒都是閒閒的靜靜的，都可以一筆帶過，甚至被忽略。老上海紅塵滾滾亂花迷眼，一如隔壁商人送給沈韶華的七色錦緞——然而你不得不承認，最美的、最令人難以忘懷的，還是嚴浩巧妙佈下的那隻藍印花布兜。

荒腔走板的蒼涼與寂寥

——立領中袖青步花袍

繆騫人是素淡的，也是寂寞的，她的寂寞穿在身上，也寫在臉上——也許是比寂寞更深一層，是寂寥。不知道是許鞍華的有意安排還是繆騫人的本性如此，照我的設想，《傾城之戀》應該是濃情的、熱烈的，可是這部張愛玲的電影裏，卻有點蕭索或暗淡，如同踩着落葉走近黃昏、走進秋天。

我指的是服裝，或者專指女主角繆騫人的服裝，相對於周潤發的范柳原而言，繆騫人的白流蘇有點木訥，或者說這個離了婚又回到娘家居住的女人在七大姑八大姨面前就是如此，一個沒有文化的又離了婚的女人，一個再沒有戲的在家中吃白飯的女人，她的心裏裝着一潭死水，反映在着裝上便是一成不變的暗淡，像張愛玲說的，「……長年地在灰色、咖啡色、深青裏打滾，質地與圖案也極其單調」。而且款式永遠不變：立領、中袖，甚至包括髮式——齊耳的短髮，從開頭到結尾。似乎范柳原對她的打扮也不太滿意，這樣對她說：「第一次見到你，就覺得你不該穿西裝。」這近乎是一句廢話。或者是：「你知不知道，你最擅長的是低頭？」在這裏，范柳原需要的是一低頭的溫柔。可是繆騫人無論月白色旗袍或細格子旗袍，抑或暗藍色或純黑色旗袍，給人的印象永遠都是羞怯的、暗淡的，她和張愛玲小說中那個白流蘇不同——那個白流蘇是鮮活的，壓抑中略帶一點熱辣，人與衣是融為一體的，或者說霓裳是她的另一層皮膚。在許鞍華電影裏，沒有霓裳，只有衣服——或許在他們激吻之後電影中才洩露了一點，給繆騫人加了一件粉紅外套，不過那片粉紅色也是褪了色的粉紅，一如風雨中打落在地的桃花。

張愛玲癡迷自己筆下的濃墨重彩與霓裳繽紛，無論是前清樣式的繡花襖褲或寶藍綢袍，出現在哪兒都會引起驚羨和注目，像《色．戒》裏王佳芝試穿一件寶藍色旗袍，易先生冷冷地命令道：「穿着！」王佳芝渴盼的目光是熱烈的，她愛的就是老易的冷酷。或者是王佳芝陪易太太逛街，藍天白雲下，陳沖一身淺紫色碎花旗袍，寬大的墨鏡遮了半張臉，一回眸的神態風情萬種——在這裏，衣裳是心靈的一部分，是活的，這正是張愛玲的美學理想，用她的話說就是「袖珍戲劇」，荒腔走板的胡琴聲中，生命是這樣怪異，人生又是如此簡單，只需一粥一飯，只要一布一衫就可以心滿意足。

《傾城之戀》中，許鞍華只用簡筆，寥寥幾筆韻味十足，比如硝煙散盡後兩個人走進野鴿橫飛的家園，白流蘇一身墨綠的旗袍配紅色繡花鞋，正是張愛玲的「紅配綠，看不足」。

零亂不堪的愛情錯覺

——藤蔓纏繞的青色旗袍

青色的旗袍，淺淺的青，淡淡的青，蠶豆那樣青，鴨蛋那樣青，藤蔓似的紋飾纏繞着劉若英，在這裏她就是張愛玲，斜倚在水邊老屋的木廊柱上。雨一直在下，一直在下，藤蔓在紛紛揚揚的雨水中瘋長，纏繞着、攀附着張愛玲，把她當成了一株樹，一株開紅花的樹。

喜歡這樣的影視，長長的一部連續劇——《她從海上來》，張愛玲一生，就是一部連續劇，劇集就是人生片斷，過濾了命運的大開大合、大起大落，只剩下安詳、優美的片斷：青色旗袍上有隱隱的紋飾，一如藤蔓纏繞，一如纏綿心事。趙文瑄一身靛藍衣衫端坐在青石台階上，腳下黑布鞋，手中黃布傘，眉頭微蹙。在這裏他就是胡蘭成——雨一直在下，長長的雨季籠罩了長長的人生，拱橋、流水、魚鱗瓦、烏篷船……人生如河水靜止不動。隔雨相望，雨花落在屋瓦上，打在布傘上，掉在水面上，波紋明明滅滅——江南的氣息，南方的滋味，淋濕了人心，心尖上長滿了青苔。看《她從海上來》，彷彿經歷一場長長的雨季，一場又一場黃梅雨與我們不期而遇。張愛玲在這裏是安靜的，不像《滾滾紅塵》中，她能化身風騷的妓女，一身暗紅大花的旗袍，翹起的卷髮、閃閃的耳墜，潑婦般毆打另一個女人。或者，被囚禁在閣樓裏，一條簡單本色的黑裙，尖尖的玻璃碴劃過手腕，被送飯女傭發現時，青色上衣零亂不堪……

在《她從海上來》裏，她不是這樣尖銳與疼痛，更多的是安靜與家常，和胡蘭成在菜場買菜，那應該就是愛丁頓公寓後面的靜安寺小菜場，她一雙繡花鞋，淺粉紅色，短袖旗袍也是淺粉色，粉色有點淡，像春陽下的杏花。胡蘭成手裏拿一把芹菜，他穿馬甲與襯衫，馬甲是米色的，長褲也是米色的，有粗粗的條紋，說不出的溫和與雅致。或者在漫天飛舞的楊花中，兩個人共坐一輛黃包車，篷架是放下的，陽光籠罩春風撲面，胡蘭成一身細格子青布長袍，張愛玲穿白底起花的布旗袍，一件鏤空的披肩，魚網一樣披在肩頭。

最美的還是那件藤蔓纏繞的青色旗袍，兩個人在水碼頭邊無言相對，雨一直在下，濕淋淋的心事——這裏是烏鎮，還原的是當年溫州的離別。之前她曾在小巷裏堵住胡蘭成，求他在她與小周之間作個選擇。胡蘭成一派胡言，只想哄她回上海，她徹底灰了心，站在船上，看離別的岸以及岸上那個拒絕她停靠的人，「一人撐傘在船舷邊，對着滔滔黃浪，佇立涕泣久之」。回上海後，她就寄來了那封著名的信：「我已經不喜歡你，你是早已不喜歡我了。」

導演的安排是對的，在這裏，張愛玲就應該穿那件藤蔓纏繞的青色旗袍，兵荒馬亂的逃亡之旅，勞燕分飛的愛情錯覺，亂麻一樣的心事一定就是這樣，如青草在瘋長，如藤蔓在纏繞——

四、男性衣裝

戀舊與懷舊的飄逸之美

——半舊的布長衫

胡蘭成算得上一個才子，滿紙錦繡文字燦若桃花，春風吹來落英繽紛的感覺。他唯一的一張照片到處張貼，就是一身半舊的青布長衫，布紐襻，笑得有點苦澀，彷彿有苦難言的那種。不過這一身舊長衫讓他的文人形象一如他筆下的文字那麼古典而靈秀。網上有一張他在日本的照片，似乎是春遊，在草坪上，在櫻花間，在一身和服的女人中間，這個着青布衫的中國南方才子文弱而靦覥，微微有點害羞。看了他的照片我就有點懷疑，他七個八個女人是怎麼泡到手的？七葉一枝花，他就努力做七葉間的那朵大紅花，何況還是張愛玲這樣的闊大綠葉做陪襯，我不得不佩服，他真有本事，有一種男人天生有女人緣。

胡蘭成曾經這樣寫過他不成器的兄弟，「紡綢長衫穿穿，金戒指戴戴，美麗牌香煙啣啣，麻將啦啦搓來」。——紡綢長衫，鄉下人一穿就是暴發戶的樣子，有品位的男子只穿布長衫。胡蘭成的父親吹拉彈唱無所不能，是鄉間秀才，「父親身穿半舊布長衫，足蹬布鞋，真是大氣」。在張愛玲筆下，女人的衣裳如錦似繡，男人的衣服很少提及，彷彿男人不穿衣服，或者就是一身布長衫。在《更衣記》中她曾寫道：「男裝在近代史上較為平淡，只有一個極短的時期，民國四年至八九年，男人的衣服也講究花哨，滾上多道如意頭，而且男女的衣料可以通用，然而生當其時的人都認為那是天下大亂的怪現狀之一。目前中國人的西裝，固然是謹嚴而黯淡，遵守西洋紳士的成規，即使中裝也長年地在灰色、咖啡色、深青裏面打滾，質地與圖案也極單調。男子的生活比女子自由得多，然而單憑這一件不自由，我就不願意做一個男子。」

半舊的布長衫因為是布製的，就顯得樸素而沉靜，因為半舊，又容易讓人生出懷舊與戀舊的心情，長長的布衫，穿在高瘦的窮書生身上，才顯出飄逸之美。那個泛黃的二三十年代，那些創辦《新青年》、《小說月報》、《新月》的才子文人，梁實秋、徐志摩、俞平伯、沈從文、郁達夫、朱自清——誰沒有一身半舊的青布長袍？那是一個兵荒馬亂的年代，卻又風雲際會，像三月春江漲桃花汛，才子文人多如過江之鯽，一路追逐桃花流水。海上的風迎面撲來，布長衫鼓蕩起來，就像一面旗幟——半舊的布長衫，應該是舊式文化人的「制服」。

「赤刮刺新」的顏色

——寶藍色綢袍

當年，柯靈為了張愛玲話劇《傾城之戀》上演四處奔走，張愛玲感念在心，事後送了柯靈一匹寶藍色的綢袍料。柯靈拿來做了皮袍面子，穿在身上很顯眼，讓導演桑弧很眼紅，桑弧用上海話說：赤刮刺新的末——

想像中的寶藍色應該是高貴的顏色，是比夏威夷藍天還要深邃的那種藍，生活中很少見到那種明媚的藍。張愛玲愛死了這種顏色，愛屋及烏，她要把這片吉祥的顏色贈送給所有有惠於她的人。當年胡蘭成來訪，她就穿着一身寶藍色的綢衣，戴了嫩黃邊框的眼鏡，臉像月光那樣柔和——房間裏傢具雖然擺設簡單，但很整潔，一種新鮮明亮幾乎是帶刺激性的色彩，非常華貴。這就是寶藍色的感覺，這種貴族品位竟然使這位見慣豪華場面的偽政府官員驚詫。有一張照片，張愛玲站在常德公寓寬大無比的陽台上，一身寶藍色的旗袍，頭微微上仰，注視着斜上方那片藍藍的天空——一個才女的傲氣與韻致，在這裏發揮到極致。

寶藍色應該不適合家居，這是適宜於宴飲與會客的色彩——有一次張愛玲去蘇青家，旗袍外邊罩件前清滾邊短襖，顏色是寶藍配果綠，把人看得兩眼發直，她一向喜歡如此對照。電視劇《她從海上來》有一個場景：張愛玲刷的一聲把窗簾拉開，整個光線潑灑進來，窗外是上海的天際雲影，胡蘭成一下子呆住了：今天未施脂粉的她清淺淡雅，還原了張愛玲自己的面貌，在窗前的雲影彩霞間，一襲寶藍色衣褲，足以讓滿室放光。李安的《色．戒》亦是如此，忘不掉一個細微的情節，湯唯飾演的王佳芝，灰色大衣下穿着寶藍色燙金旗袍，匆匆走過一條馬路——之前看張愛玲的《色．戒》原著，並沒有想過有一天，真的會有這樣的形象，完美地還原了小說中的細節。李安鏡頭裏王佳芝的美不是那個穿着漂亮的舊式旗袍、坐在桌前打麻將的女人，而是那個戴着灰色寬邊帽子、穿着灰色大衣、底下露出藍色的旗袍裙邊、大衣的紐扣全都扣緊、腰間的衣帶紮緊、邁着細小步子的風姿綽約的女子。她的美是張愛玲給予她的，無與倫比，像線裝書上的詞牌——虞美人或蝶戀花。

有人說詩詞也是有色彩的，秦觀是藍綠色的，柳永是寶藍色的，納蘭是銀灰色的——如果這樣以此類推，城市也是有色彩的，北平是赭紅色的，長安是金黃色的，金陵是暗綠色的，而張愛玲生活的老上海，那肯定是「赤刮剌新的」寶藍色。

出格的誇張與另類的別致

——兔子呢緊身袍

張愛玲有一次在電車上碰到一個男子，用「米色綠方格的兔子呢製了太緊的袍，腳上穿着女式紅綠條紋短襪，嘴裏啣着別致的描花假象牙煙斗，煙斗裏並沒有煙，他吮了一會，拿下來把它一截截拆開了，又裝上去，再送到嘴裏吮，面上頗為得色。乍看覺得可笑，然而為什麼不呢？如果他喜歡——」

這個穿着打扮出格另類的男子簡直就是上海男版張愛玲，比起張愛玲的被面做旗袍或沙發套當披肩，有過之而無不及。張愛玲認同他一點不奇怪，他倆在一起應該惺惺相惜——穿衣戴帽似乎是不足掛齒的小事，劉備說過：兄弟如手足，妻子如衣服。男人從來就不在乎衣服之類的小事，把妻子當衣服，脫下穿上不當回事。女人不行，女人如果做到「丈夫如衣服」，那是很不容易的。蕭伯納說，多數女人選擇男人遠不及選擇帽子一般聚精會神，慎重考慮——此話還是有一定道理，張愛玲選擇胡蘭成就是有點草率，她到綠夫人時裝沙龍看衣服，一定會更細心一點。

男人的衣裳過分單調，單調到張愛玲提不起興趣來寫，像這個穿兔子呢緊身袍、注重打扮的男子，張愛玲一生可能只碰上一次，所以她濃墨重彩地將他記下來。在她的小說中，男人穿衣寫來寫去就是幾件青布袍、青布衫：「男人都是一樣的。有一個彷彿稍微兩樣點，對過藥店的小劉，高高的個子，長得漂亮，倒像一個女孩子一樣一聲不響，穿着件藏青布長衫，白布襪子上一點灰塵都沒有，也不知道他如何收拾得這樣乾淨，住在店裏，也沒有人照應。」這是《十八春》裏的一個場景，女孩子暗戀對過藥店的男孩子，男孩子長得像女孩子一樣漂亮，他這樣的男孩子不會穿兔子呢的緊身袍，只會穿藏青布長衫。在《五四遺事》裏，張愛玲寫過兩個青年男子：「身材較瘦長的一個姓羅，長長的臉，一件淺色熟羅長衫在他身上掛下來，自有一種飄然的姿勢。」總覺得這個姓羅的穿熟羅長衫在中學裏教書又出過一本詩集的青年男子就是胡蘭成，滿腹詩書又有點落魄，常常捱餓了，卻要在花晨月夕自稱「湖上詩人」——還沒有做官的胡蘭成就是這樣的窮書生或窮教員，張愛玲愛上的是那個文學青年胡蘭成——某一天晚上看電影歸來，坐在人力車上，外面風聲雨聲，張愛玲忽然發嗲，坐到胡蘭成的腿上，她人那麼大，胡蘭成抱不過來，風雨打濕了他的青布袍子，風雨中的一幕成了張愛玲小說的延伸。張愛玲筆下很少見這樣乾淨單純的人，像山澗清泉或山上晨嵐。這脈清新張愛玲身上就沒有，當然這也不怪張愛玲，百年家族世紀老宅裏，不會長出靈芝或芳草，它少了一脈生機與靈動。

藍與白的禪意

——僧尼氣息的灰布長衫

張愛玲在《封鎖》裏寫過一件灰布長衫：「該死，董培芝畢竟看見了他，向頭等車廂走過來了，謙卑地，老遠地就躬着腰，紅噴噴的長長的面頰，含有僧尼氣息的灰布長衫——一個吃苦耐勞、守身如玉的青年。」

灰布的長衫，而且含有僧尼氣息，是適合這樣一個吃苦耐勞又守身如玉的青年。這時候上海灘正在封鎖，張愛玲時代的上海常常封鎖，「龐大的城市在陽光裏盹着了，重重地把頭擱在人們的肩上，口涎順着人們的衣服緩緩地流下去，不能想像的巨大的重量壓住了每一個人，上海似乎從來沒有這麼安靜過——大白天裏！」，如果這時候靜安寺或龍華寺的鐘聲響起來，偌大的上海就像寺廟一般安靜吧？所以讓人難以忘記張愛玲筆下那個青年，他穿着一件含有僧尼氣息的灰布長衫。《封鎖》裏的衣着好像都有卜巫之氣，吳翠遠也是這樣——張愛玲是這樣描寫她的衣着：「老頭子右首坐着吳翠遠，看上去像一個教會派的少奶奶，但是還沒有結婚，她穿着一件白洋紗的旗袍，滾一道窄窄的藍邊——深藍與白，很有點訃聞的風味。她攜着一把藍白格子的小遮陽傘，頭髮梳成千篇一律的式樣，唯恐喚起公眾的注意，然而她實在沒有過分觸目的危險。」——一件有訃聞風味的白洋紗的旗袍，還滾着一道窄窄的藍邊，這與那個守身如玉青年的一身僧尼氣的長衫遙相呼應，頗有異曲同工之妙。

應該說，所有的灰布長衫穿起來都有僧尼氣息，所有滾藍邊的白旗袍穿起來也都有訃聞的味道。我見過一張胡蘭成穿玄色布袍子的照片，那是在網上流傳的一張照片，一身玄色布袍子的胡蘭成看上去就像一個道士。他那時候應該在寫那本《禪是一枝花》，走遍了日本的寺院與禪房，他的身上散發着僧尼氣息，行走在禪房深處，宛若一片落葉——那是他的境界，或者說是禪意。此種意韻張愛玲身上亦有——一九四七年，張愛玲整理出版了《傳奇（增訂本）》，封面是炎櫻設計的，借用了晚清一張仕女圖，中間的女士着圓領寬袍，月白色滾藍黑的邊，一股僧尼氣息。就在這畫面之上，一個大而模糊的人形探入畫面，一如鬼魅，鬼魅好奇地往裏窺探。張愛玲對此解釋是：「那是現代人——如果這畫面有讓人感到不安的地方，那也正是我希望造成的氣氛。」

其實張愛玲那件很早引起轟動的擬古式齊膝夾襖，就含有僧尼氣息，這件衣裳後來成了《流言》的封面，水紅的袖子是看不出來的，一律的黑與白，一朵舒捲的雲頭，遠看近看，都像是袈裟或道袍。

乾巴巴的審美敏感
——泛黃的白西裝

張愛玲很少寫到西裝，潛意識裏，她可能並不太接受這種中規中矩、千篇一律的西式服裝，好像與她特立獨行的個性犯衝。有一次炎櫻帶她去見一個父親的老朋友，那一套泛黃的白西裝把她嚇得不輕。

那一次是炎櫻父親老友請炎櫻看電影，炎櫻不想一個人去，一定要拖上張愛玲，父親的老朋友請女孩子看電影，張愛玲總覺得怪怪的，不想去，可架不住炎櫻的再三邀請，何況她又是個鐵桿影迷，就硬着頭皮跑出去，結果看到那件泛黃的白西裝：「迎面走過來一個大約是五十歲上下的男人，個子很高，但瘦得似乎只剩骨架了，穿着一身十多年前已過時的泛黃的白西服，整個人像毛姆小說裏流落遠東或南太平洋的西方人，皮膚與白頭髮全都是泛黃的髒白色，形象很髒，只有一雙纏滿了血絲的麻黃大眼睛表明他像印度人。」想像中請女孩子看電影的，應該是風度翩翩的紳士，西裝筆挺，頭髮烏亮，沒想到白西裝倒是穿了，卻髒得發黃，眼睛纏滿血絲，人瘦得只剩下骨架，一個潦倒的香港流浪漢形象——而且那麼窮，多了一個張愛玲，就再也買不起第三張電影票，只得將兩張座位最差的電影票塞給她們，轉身就走。張愛玲是愛看電影的，但這樣的電影她無論如何看不下去，眼前老是飄浮着那件髒得發黃的白西裝——不久以後，她根據這個流浪漢寫成了小說《連環套》。

張愛玲筆下也有西裝革履，只是比較少，比如：「易先生穿着灰色西裝，生得蒼白清秀，前面頭髮微禿，褪出一隻奇長的花尖，鼻子長長的，有點鼠相。」比如：「一個穿西裝的印度店員上前招呼，店雖小倒也高爽暢亮，只是雪洞似的光塌塌一無所有。」西裝在她筆下是乾巴巴的，遠不及那些旗袍裙襖有聲有色。她的密友炎櫻對服裝的審美不在張愛玲之下，她寫過一篇長文《女裝，女色》，堪比張愛玲的《更衣記》。在香港讀大學時，有許多女人用方格子絨線毯改製成大衣，毯子質地厚重，又做得寬大，方肩膀，直線條，炎櫻形容「整個地就像一張床，簡直是請人躺在上面」。她自己則喜歡穿西式裙子搭配一些中國古色古香的裝飾，或穿連衣裙，在脖子上加一繡花的像兒童圍嘴的裝飾。或上穿杭州絲綢襯衣，下繫西式裙子，腰間繫一條猩紅的流蘇。總之是中西混雜，能夠披掛上陣的零配件統統拿來，一個都不能少，一樣也不浪費。而張愛玲則喜歡穿鵝黃色緞子旗袍，下襬掛着長達四五寸的流蘇，那種打扮只有在舞台上才看得到。她就這樣穿，和炎櫻一胖一瘦相映成趣地走在校園裏，很多學生看着她倆，不停地咬耳朵：「她們是誰？」「穿得好怪。」表面上她們不動聲色，內心裏則得意得飄飄欲仙。從個人審美敏感來說，張愛玲要比炎櫻更強一點，張愛玲僅憑一件髒得泛黃的白西裝就寫出一篇小說，炎櫻就沒有這個本事。

五彩繽紛的華麗緣

——湖色熟羅對襟褂

《琉璃瓦》裏姚先生特別幽默，他有一位多產的太太，生的又都是女兒，親友們根據古代生女生男「弄瓦、弄璋」的說法，叫他太太為瓦窯。姚先生卻不生氣，微微一笑道：我們的瓦，是美麗的瓦，是琉璃瓦。姚先生的衣着打扮甚合人意，「他站起來，一隻手抱着溫暖的茶壺，一隻手按在口面，悠悠地撫摸着，像農人抱着雞似的。身上穿着湖色熟羅對襟褂，拖着鐵灰排穗褲帶，搖搖晃晃在屋裏轉了幾個圈子，口裏低低吟哦着」。

張愛玲用色很特別，這件湖色熟羅對襟褂就讓人犯迷糊，熟羅還可以猜出一二，應該是綾羅的一種，生產工藝不同吧——生絲後面緊跟着應該就是熟羅，對襟褂也明白，似乎小的時候老人還穿過這種對襟褂。只是湖色不明白是什麼顏色，有湖藍色，但是有湖色麼？還是湖水的顏色？——想像中應該是一種青灰色，春江漲水的顏色，是豌豆葉反面的顏色，男子穿着這種顏色對襟褂是很別致的，正適合姚先生，能說出「我們的瓦，是美麗的瓦，是琉璃瓦」的先生，應該品位亦不俗。

琉璃瓦們到底有多美麗？你看張愛玲筆下，「三朝回門，錚錚褪下了青狐大衣，裏面穿着泥金緞短袖旗袍，人像金瓶裏的一朵梔子花。淡白的鵝蛋臉，雖是單眼皮，而且眼泡微微的有點腫，卻是碧清的一雙妙目。夫妻倆向姚先生姚太太雙雙磕下去」。——姚先生有大大小小七個女兒，據說一個比一個美，不知道這個錚錚是姚家老幾？青狐大衣，泥金緞短袖旗袍，人像金瓶裏的梔子花，標準的古典美人。曲曲好像是老三，她的着裝與錚錚又是不同，「曲曲蹲在地上收拾着，嘴上油汪汪的杏黃胭脂，腮幫子上也抹了一搭，她穿着乳白冰紋縐的單袍子，黏在身上，像牛奶的薄膜，肩上也染了一點胭脂暈」。曲曲的美並不遜色於錚錚，底下還有心心，張愛玲寫心心最用心，「心心對着鏡子，把頭髮挑到前面來，漆黑地罩住了臉上，左一梳，右一梳，只是不開口，隔着她那藕色鏤花紗旗袍，胸脯子上隱隱約約閃着一條絕細的金絲項圈」。

張愛玲筆下的琉璃瓦確實美麗迷人，張愛玲畢竟有繪畫功底，她很會用色，她的顏色全是迷死人的顏色——錚錚的泥金緞短袖旗袍、曲曲的乳白冰紋縐的單袍、心心的藕色鏤花紗旗袍，每一件看起來都五彩繽紛；另外再加上纖纖、瑟瑟、端端和簌簌的衣裳，所有的香水錦緞環繞着姚先生的湖色熟羅對襟褂，那該是怎麼一種華麗緣？我想像不出。姚太太肚子又大了，第八個女兒又將出生，「女兒是家累，是賠錢貨」。本來手頭就不寬裕的姚先生，看來連湖色熟羅對襟褂也穿不成了。

文藝青年的風流

——藍竹布罩褂

張愛玲筆下經常提到藍竹布——百度不到這是一種什麼布，小時候依稀聽說過，也看到過，是一種秋天或夏天穿的薄棉布，一種很迷人的藍布，適合於有點落魄的文化人或有品位的小姐，亦適合於黃磊或董潔這類的知性演員。

與張愛玲同時代的作家張恨水亦經常提到這種布，是那個時代流行的布料，比如《金粉世家》裏：「一匹驢子上，坐着一個女子，穿了藍竹布長衣，撐了一柄黑布傘，斜擱在肩上，看那身材，好像是清秋。他情不自禁地哎呀了一聲，就跑了幾步，追上前去。正在這時，鳳舉把汽車伕已找着了，在後面大叫燕西。當他大叫的時候，那驢子停了一停——」藍竹布長衫就應該由叫清秋的女孩子穿着，還打着一把布傘。這樣的情節在《啼笑因緣》裏也多的是，「身上穿的舊藍竹布長衫，倒也乾淨齊整。手上提着面小鼓，和一個竹條鼓架子。她走近前對那人道：二叔，開張了沒有？那人將嘴向家樹一努道：不是這位先生給我兩吊錢，就算一個子兒也沒有撈着。那姑娘對家樹微笑着點了點頭——」藍竹布長衫就是給這樣的窮藝人穿的，當然還有窮書生，富商是不屑穿的，他們要選擇綾羅綢緞——窮書生穿藍竹布長衫最有味，一定要熨燙得平平展展（沒辦法，死要面子活受罪）。那藍色，已洗得微微發白，有點寒酸，但更是素樸，素樸之中掩蓋不了才華橫溢與倜儻風流。竹布衫就是這樣，與油紙傘、線裝書、青石弄、水墨畫最相宜，它們缺一不可，它們相得益彰，共同把那個蒼白瘦削、滿腹經綸的書生推向經典。

張愛玲筆下藍竹布罩褂是藍竹布衣衫的一種，「她身穿一件簇新藍竹布罩褂，漿得挺硬。人一穿，便在藍布褂裏打旋磨，擦得那竹布淅瀝沙拉響」。竹布做成罩褂終不如罩衫有味道，而且還是簇新的，那舊舊的味道更出不來。張愛玲有次寫到她弟弟張子靜，「有一次放假看見他，吃了一驚。他變得高而瘦，穿一件不甚乾淨的藍布罩衫，租了許多連環畫來看」。不甚乾淨的藍布罩衫，正適合張子靜這樣的人，這時候張家已開始沒落，房子越住越小，張子靜也只能穿藍布罩衫和白球鞋。等他長到青年時，他成了一個窮教員，連一塊送給對象的手錶也買不起，一輩子沒有成家——這有點接近於魯迅筆下的孔乙己了，孔乙己就是長年穿一件藍竹布罩衫，他的藍竹布罩衫很骯髒。張子靜穿藍布罩衫只是有點落魄，而孔乙己穿藍衫的形象是潦倒，一件骯髒的藍衫，就像打敗仗部隊的破旗子。

文弱的書卷之氣

——緊身柳條布棉襖

張愛玲一向喜歡寬袍大袖，但她對緊身衣裙也很喜歡，她筆下就寫過許多緊身的袍子與裙子——霓裳衣飾就是這樣變來變去，一會兒寬鬆，一會兒窄緊，一會兒修長，一會兒短促——這一鬆一緊一長一短，可能就是時尚佻達與嫵媚的所在。

張愛玲筆下寫緊身衣最多，隨便翻到一頁，就有如下文字：「睨兒答應着走了出來，她穿着一身雪青緊身的襖子，翠藍窄腳褲，兩隻手抄在白地平金馬褂裏面，還是《紅樓夢》時代丫鬟的打扮，惟有那一張扁扁的臉，卻是粉黛不施，單抹了一層清油，紫銅皮色，自有嫵媚處。」雪青的顏色，是張愛玲最鍾情的顏色，這襖子已經很緊了，還配一條翠藍窄腳褲，上上下下都是乾淨利落的緊逼，倒是很適合睨兒的身份——關於緊身衣，張愛玲自有一番妙論：「在政治動亂與社會不靖的時期——譬如歐洲的文藝復興時代，時髦的衣服永遠是緊匝在身上，輕捷利落，容許劇烈的活動。在十五世紀的意大利，因為衣褲過於緊小，肘彎膝蓋，筋骨接榫處非得開縫不可。中國衣服在革命醞釀時期差一點就脹裂開來了。小皇帝登基的時候，襖子套在人身上像刀鞘。中國女人的緊身背心的功能實在奇妙——衣服再緊些，衣服底下的肉體也還不是寫實派的作風，看上去不大像女人而像一縷詩魂。」——張愛玲的論斷當然是主觀的個人式的，很多甚至是牽強附會。但起碼有一點我比較認同，那就是她完全是文學的角度，從女人的角度，一件衣裳，一百個女人會說出一百種意見，為什麼店裏一件很難看的衣服最終也會被人買走？那就是在別人眼裏，它很漂亮，起碼是不難看的。

緊身衣服到今天也是很好看的——應該這樣說，從沒有難看的衣服，只是看穿在什麼樣的人身上，或者說怎麼穿——張愛玲寫過一件緊身對襟柳條布棉襖，「那人蹲在一層一層的陳列品的最高層上，穿着緊身對襟柳條布棉襖，一色的褲子，一頂呢帽推在腦後，街心懸掛着的汽油燈的強烈的青光正照在他廣東式的硬線條臉上，越顯出山棱起伏溝壑深沉。」——緊身的，還是對襟的，柳條紋，還是布的，可能是棉布的，這樣的棉襖即便在今天也是很新潮的，穿在時髦小伙身上會很好看，這樣的粗棉布棉襖我最心儀，我曾穿舊過三件。現在張愛玲筆下這件對襟的，柳條紋的，仍然讓我癡迷——儘管它是緊身的。

張愛玲說緊身衣穿在女人身上，看上去像一縷詩魂。那麼男人呢？一襲緊身棉襖的文弱書生，看上去只能像書卷，就是捲得緊緊的握在文人手中的舊雜誌，多半應該是周瘦鵑創辦的《紫羅蘭》或胡蘭成創辦的《苦竹》一類。

五、旗袍之魅

旗袍源頭

——春秋戰國的深衣

張愛玲在《更衣記》中說：「我們不大能想像過去的世界，這麼迂緩、安靜、齊整——在滿清三百年的統治下，女人竟沒有什麼時裝可言！一代又一代的人穿着同樣的衣服而不覺得厭煩。開國的時候，因為『男降女不降』，女子的服裝還保留着顯著的明代遺風。從十七世紀中葉直到十九世紀末，流行着極度寬大的衫褲，有一種四平八穩的沉着氣象。」張愛玲說得不錯，民國前包括民國時期女子的服裝還保留着顯著的明代遺風——明代遺風就是漢代遺風，一路追溯上去直追至春秋戰國。寬袍大袖是中國人穿衣不變的傳統，這就是深衣，這就是旗袍的源頭。

緊緊裹攏女子身姿，盡顯曼妙玲瓏之韻，這是旗袍的魅惑所在。顧名思義，旗袍是旗人之袍，與春秋戰國時那種寬袍大袖的深衣八杆子打不着，深衣怎麼成了旗袍的源頭？世事就是這麼奇妙，還是一頭扎進錦緞芬芳的深衣裏，像一頭扎進漆黑如墨的深夜。一個奇怪的名字：深衣，據說起源於虞朝的先王有虞氏。虞朝是什麼朝？沒聽說過，是比夏、商、周還要早的朝，漢族的起源。其實嚴格來說那不是一個朝代，僅僅只是一個部落而已。上古的人們把衣服分為上衣與下裳，「上衣下裳」是中國最早的服裝形制，衣指上衣，裳即裙子，後來的人們籠統稱衣服為衣裳。將衣與裳分開裁剪但是上下縫合，連綴在一起包住身子，因為「被體深邃」，因而這種衣服得名深衣。先秦時代的經典《禮記》上有「深衣篇」。深衣出現在《禮記》中，可想而知它是一種禮服。但是這種禮服僅僅針對黎民百姓而言，因為貴重所以禮待，這是一種尊崇的心理。但是對於諸侯、士大夫階層而言，它僅僅只是家居便服，這和今天人們的心理一樣。對窮人來說，一件費工費料的好衣裳一定要留着出客時才穿。但是對於富人來說，他們則天天如此，再好的衣裳全都是家常便服。

可是用「家常便服」來形容深衣顯然有失公允，深衣在中國是一種服裝制度，作為禮服的一種，它的製作甚至講究到苛刻的程度。《禮記》這樣記錄：「古者深衣蓋有制度，以應規、矩、繩、權、衡。短毋見膚，長毋被土。續衽鈎邊，要縫半下，袼之高下，可以運肘。袂之長短，反詘之及肘、帶，下毋厭髀，上毋厭脅，當無骨者。」甚至對不同的人、在不同的人生階段，對深衣的穿着要求也各各不同：「具父母、大父母，衣純以繢。具父母，衣純以青。如孤子，衣純以素。純袂、緣、純邊，廣各寸半。」元代理學家吳澄對深衣製作提出了「衣六幅裳六幅」之説，衣裳各六幅，象一歲十二月之六陰六陽。明儒朱右則指出衣身用布二幅，袖用二幅，別用一幅裁領。又用一幅交解，裁兩片為內外襟，綴連衣身，則衣為六幅。裳用布六幅，裁十二片。上衣下裳通為十二幅。朝鮮儒者鄭逑反對將下裳裁為十二片，認為「制十有二幅」應為衣裳布幅總數。根據《深衣考》等文獻記載，深衣苧麻布製成。《詩經．蜉蝣》中有「麻衣如雪」之句，麻衣即深衣。史料記載：「古者先布以苧始，棉花至元始入中國，古者無是也。所為布皆是苧，上自端冠，下訖草服。」苧麻所織的布被稱為夏布，幅寬周尺二尺二寸。苧麻成布之後需加灰鍛濯漂白，所以《詩經》這樣吟詠：「蜉蝣掘閱，麻衣如雪。」雪白的深衣讓凡俗之人盡顯尊貴與敬重，深衣才理所當然地成為禮服。

可是一旦形成制度就難以改變，如同中國五千專制歷史難以改變一樣。也可以說中國歷史就是一件深衣，容不得對它進行隨心所欲的裁剪。張愛玲在這裏有點無知者無畏，她說：「在滿清三百年的統治下，女人竟沒有什麼時裝可言。」豈止是女人之於滿清三百年，中國男人之於五千年大歷史，更沒有什麼服裝可言，他們也就是從古到今穿一件深衣，僅此而已。甚至可以這樣說，五千歲的中華民族，它身上一直穿着一件苧麻的深衣。

袍服的袍就是旗袍的袍

深衣流傳到漢代，被改良成為一種服裝：袍服。袍服與深衣一樣仍然主要用作朝報，覲見皇上的服裝，還是禮服。但是深衣並沒有被取代，它與袍服相得益彰、相映成趣，宛若花中的薔薇與玫瑰，看起來是兩種花，其實它們是近親，宛若表姐與表妹。

袍服的「袍」字很自然地讓我們聯想到旗袍的「袍」——是的，旗袍的「袍」字終於出現了，它讓深衣向旗袍的演變邁出了最堅實的一步。但是這一步只是後人自作主張或者自作多情，服裝受着時代與歷史的局限，它們在歷史的夾縫裏且行且止。作為深衣的進化，袍服自然與深衣有所不同。深衣的主要特點是上衣下裳，袍服是一種袍子，它不分上下，或者說它是上下一統。它自漢代起就被用於朝服，起始多為交領、直裾，衣身寬博、衣長至附、袖較肥闊，在袖口處收縮緊小，臂肘處形成圓弧狀，稱為「袂」，或稱「牛胡」，古有「張袂成蔭」之說。這其實就是張愛玲所說的「寬袍大袖」，這樣的衣袂飄飄很適合士大夫、官僚階層閒適悠閒的生活方式，作為朝服自然再適合不過——峨冠博帶是他們的着裝標誌。有一種說法是袍服的「袍」從「苞」，袍服其實也即苞服。據說袍服早在先秦時代已經若隱若現，一直與深衣相伴，若即若離。只是那個時期的袍服只是一種納有棉絮的內衣，不太引人注目。《釋名．釋衣服》云：「袍，苞也。苞，內衣也。」《周禮．玉府》鄭注：「燕衣服者，巾絮、寢衣、袍澤之屬。」《論語．鄉黨》：「紅紫不以為褻服。」皇侃疏引鄭注：「褻服，袍、澤。」秦始皇時代服裝制度規定：三品以上綠袍深衣，庶人白袍，皆以絹為之。秦時的袍仍保留着內衣的形制，袍服外加有外衣。東漢以後，袍服逐漸作為外衣而穿，如同現如今時髦女生的內衣外穿。

梳理袍服流傳史，不管它與深衣關聯有多大，但它確實到了漢代開始與深衣從糾纏不清逐漸過渡到合二為一。其實從原始人的羽毛獸皮、樹葉茅草為衣開始，一部人類服裝史就是一部文明進化史。從最簡單的防寒與遮羞過渡到舒適與審美，袍服逐漸脫離衣服實用功能而上升到美學層次，這一定要伴隨着人類文化與文明的積累，只有到了漢代，袍服才最終徹底脫離深衣、告別深衣開始獨立。當然它與深衣的關係仍然是剪不斷、理還亂。但是既然作為外衣，並且還是禮服，袍服的形制就不能那麼隨便。一般多在衣領、衣袖、衣襟及衣裾等部位綴上衣邊。史料記載：「婦人以絳作衣裳，上下連，四起施緣，亦曰袍。」說的就是袍服。自此以後袍服的製作日益考究，裝飾也日臻精美。一些別出心裁的婦女往往在袍上施以重彩，繡上各種各樣的花紋，在隆重的婚嫁時刻，穿這種服裝。

袍服漸漸發展壯大，作為朝服，它的示範作用自然也越來越大，最終的結果是被國內民眾和友好鄰邦竟相仿效，它最終的結果是徹底取代了深衣。《後漢書．輿服志》記載：「皇帝服衣，深衣制，有袍，隨五時色。袍者，或曰周公抱成王宴居，故施袍。……今下至賤更小吏，皆通製袍，單衣，皁緣領袖中衣，為朝服云。」這時的袍服在領、袖等部位都綴有花邊。花邊的色彩及紋樣較衣服為素，常見的有菱紋、方格紋等。袍服的領子則以袒領為主，一般多裁成雞心式。下襬則打成一排褶襉，有些還裁製成月牙彎曲之狀，這種形式的服裝在壁畫、石刻及畫像磚上都有反映。所以張愛玲才說：「時裝的日新月異並不一定表現活潑的精神與新穎的思想。恰巧相反，它可以代表呆滯，由於其他活動範圍內的失敗，所有的創造力都流入衣服的區域裏去。」

人是如此，由人組成的歷史也是如此。雖然袍服的式樣歷代有變，漢代的深衣制袍、唐代的領襴袍、明代的直身袍，它們無一例外全都是典型的寬身長袍。穿着者多為知識分子及統治階層，久而久之蔚然成風尚。袍服因而代表的是一種不事生產勞動的上層人士及文化人的身份，寬袍大袖成為他們服飾上的標配。褒衣博帶或峨冠博帶，逐漸成為中原地區衣飾文明的一種象徵。

從袍服到胡服

——騎袍不是旗袍

封建文明的標誌之一就是物質高度發達，士大夫階層大量湧現，財富積累化成衣食住行上的奢侈享受，這是人的本能行為。張愛玲所說的「在政治混亂期間，人們沒有能力改良他們的生活情形。他們只能夠創造他們貼身的環境——那就是衣服，我們各人住在各人衣服裏」，應該是一家之言，在政治不混亂的年代，官吏清明、社會安寧，人們似乎更有興趣把心思用在衣食住行上。很奇怪吧，「衣食住行」中「衣」字排在第一位，超越「食」之上，可以說衣裳是人們生活的頭等大事，比吃飯還要重要。也許在中國人看來，吃在肚裏外人看不見，所以可能吃得馬虎潦草一點，但是穿在身上他人一覽無餘，而中國人從來都是「以貌取人」，所以「衣」排在「食」之前並不奇怪。張愛玲後面的補充說得好：「我們各人住在各人衣服裏。」不住在房屋裏而是住在衣服裏，這是張愛玲的服飾觀念，她也說過這樣的話：「衣服是隨身攜帶的袖珍戲劇。」張愛玲雖然喜歡妙言絕句，但是她的話很多就是讓你毛估帶猜。

「我們各人住在各人衣服裏」很好理解，不住在各人衣服裏又住在哪裏？各人的生活是各不相同，主宰社會的官吏階層從告別了茹毛飲血的原始部落開始，就世代享受悠閒奢侈的生活，一代接一代，代代不絕。無論在金碧輝煌的宮殿還是在小橋流水的園林，無論在紙墨芬芳的書齋還是在木魚聲聲的寺院，袍服無疑是最合適的服裝。但是在宮殿與園林、書齋與寺院之外，勞動的人們不可能峨冠博帶、衣袂飄飄地去耕作，他們只能將它當成禮服，在特定的時候穿着。袍服在漢族以外的區域也發生了演變，這就是在長城以外的遊牧民族中出現的曲裾袍服。從深衣到袍服一直是直裾，最早的深衣之裳計有十二幅，皆寬頭在下、窄頭在上，無論寬窄一律統稱為衽，接續其衽而鈎其旁邊者就是「曲裾」。袍服演化至此根據繞襟與否分為兩大類型：直裾袍服與曲裾袍服。曲裾袍服後面衣襟接長，加長後的衣襟形成三角，經過背後再繞至前襟，然後腰部縛以寬帶，可遮住三角衽片的末梢，這的縫紉方式叫「續衽鈎邊」。「衽」是衣襟。「續衽」就是將衣襟接長，「鈎邊」是形容繞襟的樣式。單獨的一條腰帶，寬寬長長的腰帶飾有捲草如意圖案，將它繫在上下袍服接片的地方，盡顯男人的驕健身姿與女性的曲線玲瓏，在今天看來，曲裾袍服其實別有一番風韻：它一改昔日袍服的寬袍大袖樣式，通身緊窄，長可曳地，下襬一般呈喇叭狀，行不露足。衣袖有寬窄兩式，袖口大多鑲邊。曲裾的流行是勞動的需要，也是運動的需要，它就是後來在內蒙一帶胡人穿着的衣服：胡服。緊窄合體的胡服有利於胡人馬上自由閃轉騰挪，穿着它你照樣可以騎馬和騎射，我們其實也可以稱之為騎袍——騎馬穿的袍子。當然，騎袍不等於旗袍，騎袍更不是旗袍。但是騎袍與旗袍讀音相同，更重要的是，騎袍向旗袍又姍姍走了好幾步。

張愛玲說：「一九二一年，女人穿上的長袍，發源於滿洲的旗裝從旗人入關之後一直與中土的服裝並行着的，各不相犯。」既然各不相犯，怎麼後來旗裝又演化成旗袍？只能說萬事不備，時候沒到。但是深衣一路演化成袍服，又在民眾之間演化出曲裾、在遊牧民族那裏演化成騎袍，這只能是生存環境所為。女人穿上的長袍，絕非張愛玲所說的源自於「一九二一年」，可以明白無誤地說，中國男人女人一直深衣長袍到如今。如果不走出狹隘的地域，沒有風雲激蕩的文化交融，袍服可以演變成胡服，但是騎袍則永遠不可能成為旗袍。

趙武靈王其實是騎袍設計師

胡服的演化其實與深衣與袍服的發展並非是邏輯嚴密的遞進關係，相輔相成、互相借鑒與融合則是服裝演變的前提。融合並非僅僅只是文化交流，戰爭也可以是一種交流方式，甚至是主要方式。這一點從旗袍演化史上完全可以一覽無餘地看出端倪。張愛玲說：「五族共和之後，全國婦女突然一致採用旗袍，倒不是為了效忠於滿清，提倡復辟運細。而是因為女子蓄意要模仿男子。」僅僅是為了「蓄意要模仿男子」，全國婦女就會在一夜之間齊心協力地穿上了旗袍？這是絕不可能發生的事，張愛玲一筆勾掉漫長迂緩的演化，她讓一個挪着三寸金蓮的小腳女人，在眨眼之間蛻變成腳步鏗鏘的青春美女，這不過是她一廂情願的想像。

無論如何在這裏要安排旗袍發展史上一個重要的人物出場：趙武靈王。趙武靈王應該是一個服裝設計師，起碼也是兼職的服裝設計師，他倡導的「胡服騎射」讓袍服這種傳統服裝有了極大的改變。當然他改變的不是袍服而是胡服，也許要這樣解釋一下：深衣在漢代開始向袍服轉變，到了遊牧民族那裏，就成了胡服。衣裳也和人一樣「三心二意」地變來變去，趙武靈王也是無意之中做了個服裝設計師，他即位時，趙國正處在國勢衰落時期，就連中山那樣的鄰界小國也經常來侵擾。而在和一些大國的征戰中，趙國常吃敗仗，大將被擒，城邑被佔，眼看着要被胡人吞併。這也是事出有因，趙國的地理位置上與遊牧民族胡人大面積接壤。這些遊牧部落長於騎馬射箭，常以騎兵進犯趙國邊境。長期征戰中，趙武靈王看到胡人在軍事服飾方面有一些特別的長處：穿窄袖短襖，生活起居和狩獵作戰都比較方便。作戰時用騎兵、弓箭，與中原的兵車、長矛相比，具有更大的靈活機動性。他對手下說：「胡人的騎兵來如飛鳥，去如絕弦，是當今之快速反應部隊，帶着這樣的部隊馳騁疆場哪有不取勝的道理？」胸有大志的趙武靈王決定以胡制胡，他的手段就是以騎射改裝軍隊：「着胡服、習騎射。」取胡人之長補漢人之短。趙武靈王說做就做，將袍服改短裝，束皮帶，用帶鈎，穿皮靴。不僅要使軍隊將士改穿，全國上下臣民都要穿。「胡服騎射」政令還沒下達，就遭到皇親國戚的一致反對。他們以「易古之道，逆人之心」為由拒絕接受。趙武靈王駁斥說：「德才皆備的人做事都是根據實際情況而採取對策，怎樣有利於國家的昌盛就怎樣去做。只要對富國強兵有利，何必拘泥於古人的舊法？有誰膽敢再說阻撓變法的話，我的箭就穿過他的胸膛！」

放出如此狠話之後，胡服的推廣收效顯著，馬上的「騎射」也極大提高了漢人「步射」的殺傷力。經過「胡服騎射」的改革，趙國一躍成為繼秦國之後最強大的國家。而事情的起因僅僅只是從服裝改變開始，這聽起來匪夷所思，但是它卻改寫了中國歷史。張愛玲說得對：「軍閥來來去去，馬蹄後飛沙走石，跟着它們自已的官員、政府、法律，跌跌絆絆趕上去的時裝，也同樣地千變萬化。短襖的下襬忽而圓，忽而尖，忽而六角形。」這是事實，也是史實，最有說服力的就是趙武靈王的胡服騎射，它真實地改變了歷史。胡服隨着趙國的影響開始向周邊輻射，風行一時。到了唐代開元、天寶年間，胡服連同胡妝、胡騎、胡樂一起成為長安的流行時尚。由於長安的影響力，胡服最終又以「舶來品」的身份在漢人之間「反客為主」。客居時間太長，它也漸漸忘掉了客居身份，成了真正的主人，開始當家作主。

旗幟的旗就是旗袍的旗

公元一六四四年在中國旗袍史上是個特殊的年份，在中國歷史上這同樣是個重要的年份：清兵入關、定都北京。隨着全國的統一，一項重要的政令開始頒佈：「薙髮易服」。就是剪去頭髮、脫去漢服，簡單說起來就是一句話：淡化漢民族習俗，弘揚胡人風氣，胡人的服裝開始全方位在漢族區域流行。在這裏，胡人專指八旗子弟。不管他們先祖是從事漁獵還是遊牧，他們一概都是長城外的少數民族。

在這裏我們終於看到了旗袍的「旗」，它是過去騎服的「騎」，當然它更是旗人的「旗」——旗人的「旗」就是旗幟的「旗」，旗幟的「旗」也就是旗袍的「旗」。這「旗」字是怎麼來的，就不能不回到那個旌旗獵獵的遊牧之地，也就是八旗之地。建立八旗制度的功臣是努爾哈赤，他於一五九一年統一了建州各部，改變了旗人分裂的局面。初建時只有四旗，用黃、白、紅、藍四種顏色作旗幟，增添的四旗用鑲黃、鑲白、鑲紅、鑲藍四種顏色作標識。至於比較規範的八旗顏色，到天命七年（公元一六二二年）才始見於《滿文老檔》：正黃、鑲黃、正白、鑲白、正紅、鑲紅、正藍、鑲藍共八種顏色。其四鑲旗為：將原來的整黃、整白、整紅、整藍的旗幟周邊鑲上一條邊，黃、白、藍三色旗幟鑲紅邊，紅色旗幟鑲白邊。不鑲邊的黃色旗幟稱為整黃旗，即整幅的黃旗，習稱正黃旗，以此類推為正黃旗、正白旗、正紅旗、正藍旗，與鑲黃旗、鑲白旗、鑲紅旗、鑲藍旗合起來稱為八旗。八旗的排列方位最初來源於狩獵，《清文鑑》載：行圍方式是「箕掌式」。其中軍黃纛（旗）設做圍底，圍底的兩翼豎紅白二纛（旗）處叫做圍肩，兩翼末端豎立藍纛（旗）處稱圍端。於是圍場的組織分為彼此呼應關聯的五個部分。

狩獵部眾在圍底處集結以後，以「牛錄」為單位由圍底處分向兩翼前進，「各照方向，不准錯亂」。圍而不合，謂之「行圍」。左右圍端按令合攏後叫「合圍」，合圍後開始獵殺野獸。這種形式是女真人圍獵的標準隊形和基本序列，在軍事行動中也採用它，戰無不勝。努爾哈赤在創立八旗制度時，顯然是採用了這種方式，由生產勞動形成的習慣，就自然而然地成為部落建制。旗人之衣也與他們戰時征戰、閒時狩獵的半軍半獵生活習性緊密相關，是旗人先祖長期遊牧漁獵生活在北方寒冷氣候下的自然選擇：緊窄合體、便於騎射的袍服衍生出了更多的樣式。八旗入關以後，八旗的方位有了更加明確的規定，並成為定制向全國推行。傳統的冠戴衣裳幾乎全被禁止，慶典場合不分男女都要着袍：旗人之袍。當然，那時候的旗袍與後來源自上海灘的旗袍並非同一件衣裳。旗人入主中原之後，各類旗人袍服名目繁多、大行其道，有朝袍、龍袍、蟒袍及家常袍服之分。從字義解，旗袍泛指旗人（無論男女）所穿的長袍，不過只有八旗婦女日常所穿的長袍才與後世的旗袍有着血緣上的關係。

終於等到了八旗女子袍服的出場，經過胡漢數千年的大融合，八旗女人的霓裳之花如同蓓蕾初綻，但是它遠遠未到令人驚艷之時。作為生活方式之一，衣裳的影響力也就是民族的影響力，它們從來是相輔相成共同成長。就如同西裝的出現顯示出民國的開放一樣，它是中國融入世界的開始。也就像牛仔褲的出現標誌着中國第二次打開國門、走向世界一樣，衣裳在這裏扮演着排頭兵或先遣隊的角色，它是人們心理、情緒、視野、文化、觀念、審美的全方位綜合。對女人來說，服裝是小事也遠非小事，所以張愛玲說：「衣服是不足掛齒的小事，劉備說過這樣的話：『兄弟如手足，妻子如衣服』，可是如果女人能夠做到『丈夫如衣服』的程度，就很不容易。有個西方作家（蕭伯納麼？）曾經抱怨過，多數女人選擇衣服不如選擇丈夫一般聚精會神、慎重考慮。」選擇衣服遠比選擇丈夫聚精會神的女人，特別是受時空所限的八旗女人，她們和她們世代所穿的旗袍早就準備好了，她們在等待一個千載難逢的時機，如同漫山遍野的爛漫山花在等待一場瀟瀟春雨。

政治改革跟在服裝改革後面

旗人入主中原為旗袍流行掃平障礙，雖然滿人心心念念想的是用服裝來同化漢人，幫助他們夯實貴族統治的基礎，但這並非是一蹴而就的事。旗人的袍服有來自他們自身的局限，比如令人眼花繚亂的「線香滾」，比如令人難以忍受的「元寶領」，如此形式大於內容的花頭是愛美之心與霸氣外露的奇妙結合。張愛玲一向冷眼旁觀，在後來細述中國服裝史時，她對此有過精闢的描述：「第一個嚴重的變化發生在光緒三十二三年。鐵路已經不這麼稀罕了，火車開始在中國人生活裏佔一重要位置。諸大商港的時新款式迅速地傳入內地。衣褲漸漸縮小，『闌干』與闊滾條過了時，單剩下一條極窄的。扁的是『韭菜邊』，圓的是『燈草邊』，又稱『線香滾』。在政治動亂與社會不靖的時期——譬如歐洲的文藝復興時代——時髦的衣服永遠是緊匝在身上，輕捷利落，容許劇烈的活動。」對於「線香滾」之類用於旗袍的華而不實的複雜裝飾，張愛玲看得很清楚：「對於細節的過分的注意，為這一時期的服裝的要點。現代西方的時裝，不必要的點綴品未嘗不花樣多端，但是都有個目的——把眼睛的藍色發揚光大起來，補助不發達的胸部，使人看上去高些或矮些，集中注意力在腰肢上，消滅臀部過度的曲線——古中國衣衫上的點綴品卻是完全無意義的。若說它是純粹裝飾性質的罷，為什麼連鞋底上也滿佈着繁縟的圖案呢？鞋的本身就很少在人前露臉的機會，別說鞋底了，高底的邊緣也充塞着密密的花紋。」最登峰造極的是，「襖子有『三鑲三滾』，『五鑲五滾』，『七鑲七滾』之別。鑲滾之外，下襬與大襟上還閃爍着水鑽盤的梅花，菊花。袖上另釘着名喚『闌干』的絲質花邊，寬約七寸，挖空鏤出福壽字樣。這樣聚集了無數小小的有趣之點。這樣不停地另生枝節，放恣，不講理，在不相干的事物上浪費了精力，正是中國有閒階級一貫的態度。惟有世界上最清閒的國家裏最閒的人，方才能夠領略到這些細節的妙處。製造一百種相仿而不犯重的圖案，固然需要藝術與時間，欣賞它，也同樣煩難。古中國的時裝設計家似乎不知道，一個女人到底不是大觀園。太多的堆砌使興趣不能集中。我們的時裝的歷史，一言以蔽之，就是這些點綴品的逐漸減去。」作為衣裳的另一種裝飾，「元寶領」的演變與「線香滾」如出一轍，張愛玲說：「一向心平氣和的古國從來沒有如此騷動過。在那歇斯底裏的氣氛裏『元寶領』這東西產生了——高得與鼻尖平行的硬領，像緬甸的一層層疊至尺來高的金屬頂圈一般，逼迫女人們伸長了脖子。這嚇人的衣領與下面的一撚柳腰完全不相稱。頭重腳輕，無均衡的性質正象徵了那個時代。民國初建立，有一時期似乎各方面都有浮面的清明氣象。大家都認真相信盧騷（梭）的理想化的人權主義。學生們熱誠擁護投票制度，非孝，自由戀愛。甚至於純粹的精神戀愛也有人實驗過，但似乎並不成功。時裝上也顯出空前的天真，輕快，愉悅。『喇叭管袖子』飄飄欲仙，露出一大截玉腕。短襖腰部極為緊小。上層階級的女人出門繫裙，在家裏只穿一條齊膝的短褲，絲襪也只到膝為止，褲與襪的交界處偶然也大膽地暴露了膝蓋，存心不良的女人往往從襖底垂下挑撥性的長而寬的淡色絲質褲帶，帶端飄着排穗。」是時候了，是到了去掉繁瑣之極的「線香滾」與「元寶領」的時候了，整件袍服全是花邊鑲滾，以至於難以辯識衣服本來的面料，這是製衣的境界，對於新時代的女人來說是一種困境，改革總會在這樣的時刻悄然發生，其實政治改革是跟在服裝改革後面亦步亦趨。儘管女人們仍然是三寸金蓮，但是粽子似的小腳卻越走越快，這時候照相出現在宮廷，緊接着香水與絲襪，高跟鞋與自行車紛紛登場。宮中的皇妃也按耐不住蕩漾的春心，她們灑上香水、戴上假乳、燙上頭髮、穿上旗袍。這一幕讓全中國的女人們看到了，她們看得目瞪口呆。只有上海的摩登女郎們眼最尖，她們閃爍的、甚至有點貪婪的目光死死盯在那一襲襲搖曳生姿的旗袍上。

作為另一種美的參照

在這裏必須要看到一種事實：僅僅有旗人之袍也不可能變革出令後世驚艷的摩登旗袍。鴉片戰爭中，國門被火藥轟開，西風勁吹，洋裝引進，西裝作為另一種美的參照啟發了中國人，晚清與民國社會的巨大變革，被李鴻章稱之為「三千年未有之變局」。此前的三千年、五千年中國鐵板一塊、黑幕一塊，反映在服裝上就是張愛玲所說的「我們不大能夠想像過去的世界，這麼迂緩，安靜，齊整。在滿清三百年統治下，女人竟沒有什麼時裝可言！一代又一代的人穿着同樣的衣服而不覺得厭煩」。統治不變，服裝也不會有根本性的改變，政治制度決定了國人的生活秩序，當然也包括服裝制度。

但是歷史一腳跨進民國，國門洞開，從以前的千年不變到現在的十年一變、二十年一變，令人眼花繚亂、目炫神迷——這就是張愛玲的曾外祖父李鴻章所說的「三千年未有之變局」。政體在變，生活在變，服裝當然也隨之改變，服裝的改變是生活巨變的標誌之一。國人的心變了，女人們的內心也開始變得騷動不安，長袍馬褂、短襖裙衫已沒辦法裹住她們騷動的心靈。這裏有一個必要的前提，就是中西文化的大融合，這種融合無論內涵與外延都遠遠超過胡漢融合。這種大融合並非和風細雨，而是疾風暴雨。這是搖搖欲墜、難以為繼的清王朝在船堅炮利的西方文明高壓下必定要引發的劇烈震蕩。為了迎接歐洲文明大爆炸引發的衝擊波，清廷出現了一大批與時俱進的洋務派，以李鴻章為主導。李鴻章是幸運的，他沒有遇上乾隆，他遇到的是慈禧。乾隆年間與慈禧所處的同治、光緒年間形勢完全不同，慈禧與乾隆自然也完全不同。這個女人最大的優點就是與時俱進，雖說是被動或被迫，但是經她的恩准，洋務運動開始在中國內陸走向濫觴。現在不再是早先的零打碎敲，而且從政治制度層面也開始系統地籌謀佈局：建立現代銀行體系、現代郵政體系、鋪設鐵路、架設電報網絡。設立翻譯機構同文館、新式教育（新學）、培訓技術人才家。最重要的一條就是建立了號稱世界第八強的北洋艦隊，這一切慈禧功不可沒。洋務派趁機提出「中學為體，西學為用」的救國方略，派遣大批留學生到國外學習，從前軍閥的私人武裝統統改編成新軍。從前的私塾、書院一律改成新式小學，教授外語與數理化。在中國學生和軍人中最先出現了西式學生的操衣、操帽與西式軍裝、軍帽。大批出洋留學的學生一個個脫下長袍馬褂，穿上了西裝革履。

洋裝的輸入，提供了評判美的另一種參照系，直接影響社會服飾觀念的變更。絕不僅僅是服裝觀念，包括服裝在內的方方面面在民國以後都發生了翻江倒海、翻天覆地的變化——女人們的審美觀早開始蠢蠢欲動。張愛玲說：「當時歐美流行着的雙排鈕扣的軍人式的外套正和中國人淒厲的心情一拍即合。然而恪守中庸之道的中國女人在那雄赳赳的大衣底下穿着拂地的絲絨長袍，袍叉開到大腿上，露出同樣質料的長褲子，褲腳上閃着銀色花邊。衣服的主人翁也是這樣的奇異的配搭，表面上無不激烈地唱高調。骨子裏還是唯物主義者。」社會生活的風雲激蕩反映到服裝上就是緩緩漸進。「近年來最重要的變化是衣袖的廢除。（那似乎是極其艱難危險的工作，小心翼翼地，費了二十年的工夫方才完全剪去。）同時衣領矮了，袍身短了，裝飾性質的鑲滾也免了，改用盤花鈕扣來代替，不久連鈕扣也被捐棄了，改用嵌鈕。總之，這筆賬完全是減法——所有的點綴品，無論有用沒用，一概剔去。剩下的只有一件緊身背心，露出頸項、兩臂與小腿。現在要緊的是人，旗袍的作用不外乎烘雲托月忠實地將人體輪廓曲曲勾出。革命前的裝束卻反之，人屬次要，單只注重詩意的線條，於是女人的體格公式化，不脫衣服，不知道她與她有什麼不同。」

服裝漸變與西風漸進步調一致，旗人之袍在日後演化為融貫中西的新型款式，其實就是歐風美雨浸淫的結果，意味着中國現代化的開始。辛亥革命風暴驟起，推翻了中國歷史上最後一個封建王朝，民國的出現為西式服裝在中國的普及清除了政治障礙，同時也把傳統苛刻的禮教與風化觀念丢在了一邊。服制上等級森嚴的種種桎梏徹底解除，服裝走向平民化、國際化的自由變革水到渠成，旗人之袍從此卸去了傳統沉重的負擔。隨着滿族政權的消亡，舊式旗人之袍開始被人們拋棄，人們忙於追慕西式風潮，萬事俱備，東風正起，新式旗袍開始華麗登場。

女權主義的旗袍只能出自上海

文化的中心必定是經濟的中心，甚至是政治的中心，只有文化的中心才能有對外輻射影響力的能力，上海當時在中國就扮演着這樣的角色。時尚總是出現在文化中心，就如同旗袍出現在上海、也只能出現在上海。

作為現代文明在中國的一塊「飛地」，孤島上海在殖民統治者手中出現了離奇的繁榮。一夜之間歐洲現代文明被複製、粘貼到上海這片荒灘上：寬敞馬路開出來了，摩天大樓造起來了，中國人完全陌生的現代文明全方位海嘯般撲來——電燈與電話、洋房與沙發、雪茄與香水、明星與舞女、愛司頭與高跟鞋、百樂門與爵士樂、霓虹燈與留聲機、跑馬場與電影院、狐步舞與威士忌、時裝劇與夏時制、電梯公寓和《大美晚報》、印度僕人和法國廚子、茅盾的《子夜》和魯迅的雜文、好萊塢電影和巴黎流行色、勃朗寧手槍和法蘭絨獵裝、雪鐵龍汽車和章回體小說、美女月份牌和美麗牌香煙、分紅式保險和助學式貸款……當西方列強借中國人敬神祭祖的火藥轟開中國大門後，在一個又一個不平等條約中，現代文明全方位開始進入中國，僅僅在開埠時期的上海，各國銀行不計其數。與金融相關的保險、證券業在上海也空前繁榮，輪船公司、百貨公司、電影公司、汽車公司、自來水煤氣公司、招商局、郵政局如雨後春筍。那時候，達官貴人就在百樂門跳舞、喝咖啡、聽爵士樂通宵達旦，黎明時分才出來，印度僕役彎腰為其打開車門，人行道上有騎自行車的送奶工經過，環衛工人推着新穎漂亮的馬路清掃機。

上海作為一個世界級的大都會迅速發育成熟，到了二十世紀初期，它已是一個規模、體制、文化上相當完善的現代意義上的大都會。上海灘由此一紅驚天，成為遠東第一大都會。華洋並處，五方雜居，十里大洋場，奢靡繁華地。對女性的尊重是現代文明的標誌，女權意識的覺醒也是現代文明的重要標誌。作為婦女尋求解放的重鎮，上海的傳教士、革命黨與洋行買辦競相創辦女學，掀起了一股女權運動浪潮。張愛玲母親黃逸梵無法忍受丈夫張廷重抽鴉片、養小妾等種種惡習，毅然決然與之離婚離家出走，最後出洋留學。當時易卜生一部著名的話劇《娜拉》在上海風行一時，女人為了自由與獨立離家出走成為全上海熱議的話題，黃逸梵與張愛玲的姑姑張茂淵都看過這部話劇。張愛玲對此耳熟能詳，她當時熱衷於一本女性雜誌《玲瓏》，她說「女生人手一冊《玲瓏》」。《玲瓏》是一本女性雜誌，它藉助於西方審美標尺發動了一場轟轟烈烈的中國女性解放運動，利用西方電影女星的鏡像力量激勵著中國傳統女性儘快擺脫小家碧玉式的賢淑形象，它倡導女性摩登、現代與獨立，對男性美也特別推崇：「我們不以容有粉脂氣的男子為美，我們也不以身軀魁梧的男子為美，因為男性的美和女性的美一樣，不在乎清瘦，也不在乎肥胖，而在乎全身肌肉的健全發達，擊劍是男性鍛煉健美最直接的門徑，銀幕上的李嘉白率爾莫斯、雷門伐諾羅、范朋克都是我們提倡男子由擊劍而鍛煉成健美的好模範。」更石破天驚的是，它會刊登裸體照片，公開談論男女性愛的地點、氣氛與體位。

經濟的繁榮、文化的包容、社會的開放，必然帶來人格的獨立、心靈的解放，導致女權主義空前高漲，女性從身體到心靈的大夢初醒，便是從老上海這一代人開始。所以我們看到一九三〇年代，當深山裏的女人像牲畜一樣被任意買賣的時候，老上海的女人們卻信奉愛情至上、自由萬歲，稍不滿意便像娜拉一樣離家出走，從來沒有哪一代女人像張愛玲她們這樣自由與獨立——愛我所愛的情人，哪怕他是眾口一詞的「漢奸」，那是政治上的定義，與我的愛情無關，我的愛情就是發自我的內心，我的身體只服從內心召喚。

社會風氣決定了服裝式樣，旗人之袍最終在上海演變成摩登旗袍。

旗袍的作用不外乎烘雲托月

於是，我們終於看到了全國婦女突然一致採用旗袍。這句話出自張愛玲語錄：「五族共和之後，全國婦女突然一致採用旗袍，倒不是為了效忠於滿清，提倡復辟運動，而是因為女子蓄意要模仿男子。在中國，自古以來女人的代名詞是『三綹梳頭，兩截穿衣』。一截穿衣與兩截穿衣是很細微的區別，似乎沒有什麼不公平之處，可是一九二〇年的女人很容易地就多了心。她們初受西方文化的熏陶，醉心於男女平權之說，可是四周的實際情形與理想相差太遠了，羞憤之下，她們排斥女性化的一切，恨不得將女人的根性斬盡殺絕。因此初興的旗袍是嚴冷方正的，具有清教徒的風格。」這是旗袍初起的風格。

旗袍的出現是遠古與現代的奇異嫁接，一開始的「嚴冷方正」是符合中國現實的，女人的膽怯在服裝上表露得一覽無餘，再開放的女人在試水之前必定有過猶疑與怯懦，首先肯定表現在裁縫下剪時的遲疑。在他們的剪刀之下，如此破天荒的大尺寸、大尺度是劃時代的，裁縫師與女人還沒有來得及做好心理準備。但是旗袍又是東方與西方的奇妙融合，張愛玲也說「她們初受西方文化的熏陶，醉心於男女平權之說」，西方文化的熏陶就是讓女人們將重重包裹下的身體與心靈解放出來，因為當今的海派女人再不是過去裹三寸金蓮、成天「囚禁」於繡樓幫女紅的女人，旗袍在上海灘的華麗登場正是應運而生。世上萬事萬物全都是應運而生，一旦逆運，就不可能出現、發生。社會的開放蕩滌着服飾妝扮上的陳規陋習，服飾也一掃清朝矯飾之風，趨向於簡潔，色調力求淡雅，注重體現女性的自然之美。其實女性美的本身就是自然之美，她們追求美也體現美，如果沒有美的女性和女性之美，那麼這個世界該是多麼單調、乏味？張愛玲一往情深的織錦緞開始花團錦簇地出現在上海街頭。織錦緞是製作旗袍的最好面料，張愛玲就擁有很多件織錦緞旗袍。在女人眼裏，穿着的衣裳是有溫度、有情感、有生命的，代表着自己生命的一個階段，就是逝去的自己的某一部分，甚至會記憶起自己穿這樣的「織錦緞」時的所作所為：初戀、結婚或遠走他鄉。那一段時光早已流逝，而衣裳仍在，記憶仍在，情感仍在。

這份對服裝的愛戀之心就是愛美之心，它給女人來帶尊嚴與自信，女人的尊嚴與自信更多地來自於自身的美，社會沒有條件給她們提供更廣闊的人生舞台，她們一向是作為男人的附庸而存在。但是民國以後，特別是上海灘崛起於東方之後，社會生活較之以前有了很大的不同，女人們以交際花、女明星、女作家等身份粉墨登場。較之於庸常女性，交際花、女明星、女作家觀念開放、思想超前，摩登旗袍最早就在她們這一撥人身上率先出現，因為她們比任何女人都更加關注自我本身——身體是美的載體，也是美的呈現。張愛玲對此看得很清楚：「現在要緊的是人，旗袍的作用不外乎烘雲托月忠實地將人體輪廓曲曲勾出。革命前的裝束卻反之，人屬次要，單只注重詩意的線條，於是女人的體格公式化，不脫衣服，不知道她與她有什麼不同。」

張愛玲的眼光毒辣之處就在於僅憑寥寥數語，就精確地道出旗袍的價值與意義，它之所以受到摩登女性的歡迎，最後受到全國女性的呼應，道理就在於此。在張愛玲看來：「我們的時裝不是一種有計劃有組織的實業，不比在巴黎，幾個規模宏大的時裝公司如Lelong's Schiaparelli's，壟斷一切，影響及整個白種人的世界。我們的裁縫卻是沒主張的。公眾的幻想往往不謀而合，產生一種不可思議的洪流。裁縫只有追隨的份兒。因為這緣故，中國的時裝更可以作民意的代表。」這股「不可思議的洪流」就是旗袍，像春風吹開漫山遍野的春花，像春江解凍一江春水浩蕩，它衝破千古不變的傳統對女人們身體與心靈的禁錮，給人類所寄身的滾滾紅塵送來姹紫嫣紅與霓裳繽紛。

抄襲就是最隆重的讚美

旗袍最初是以馬甲的形式出現在上海灘，這種織錦緞的馬甲與後世男人的短馬甲不是一回事。初在上海灘現身的旗袍馬甲長及足背，長長的飄逸的，女性的玲瓏身段與妖嬈之美盡顯無疑。這破天荒的服裝一夜之間引領時尚風潮，據說得風氣之先的上海女生是旗袍流行的「始作俑者」。當時的女學生作為知識女性的代表，是文明的象徵、時尚的先導，以至社會名流、青樓女子與交際花等時髦人物都紛紛作女學生裝扮。又有一說是女學生只是旗袍的改良者，旗袍最先出現在敢第一個吃螃蟹的青樓女和交際花身上。這個問題現在看來就是一筆糊塗賬，像是先有雞還是先有蛋一樣令人糊塗。還是張愛玲旁觀者清，她說：「究竟誰是時裝的首創者，很難證明，因為中國人素不尊重版權，而且作者也不甚介意，既然抄襲是最隆重的讚美。最近入時的半長不短的袖子，又稱『四分之三袖』，上海人便說是香港發起的，而香港人又說是上海傳來的，互相推諉，不敢負責。一雙袖子翩翩歸來，預兆形式主義的復興。最新的發展是向傳統的一方面走，細節雖不能恢復，輪廓卻可儘量引用，用得活泛，一樣能夠適應現代環境的需要。旗袍的大襟採取圍裙式，就是個好例子，很有點『三日入廚下』的風情，耐人尋味。」

「一雙袖子翩翩歸來，預兆形式主義的復興。」張愛玲一針見血，旗袍的美就是一種形式美，由實用到形式，由繁複到簡潔，這是旗袍一路演化的方向，演化到最後，就是張愛玲筆下的：「所有的點綴品，無論有用沒用，一概剔去。剩下只有一件緊身背心，露出頸項，兩臂與小腿。」

這是最初的開放與摩登，只是露出頸項、兩臂與小腿。女人不會滿足，世人也永遠不會滿足，等到高開叉旗袍被女學生、女職員抄襲與克隆的時候，旗袍的霓裳之花已經花開荼蘼、爛漫難收。張愛玲說得真好，「抄襲就是隆重的讚美」，時尚與流行就是互相抄襲，讚美最好的表達就是抄襲。不管怎麼說，旗袍之花已在海上緩緩綻放，以它的萬種風情與東方神韻征服了一代又一代東方女性：開叉、印花、鑲邊、純色；或高雅端莊、性感魅惑，或古典含蓄、楚楚動人，再普通的女人只要穿上旗袍也會平添出幾分詩意與無限風韻。但是想要將旗袍的味道完全呈現出來，確實需要一番內在的功力，對不同旗袍的駕馭也需有不同的內在氣場。旗袍有一種內在氣質，有一份只屬於它的生命。它是一襲有生命有溫度的衣裳，對穿着者的身材要求很高，而且對舉止、步態也有很高的要求。一個女性要是選擇旗袍，就必定要收斂起鋒芒，縮小腳步，然後優雅起來，感性起來。旗袍發展到這個階段，已經進入全盛時期，基本廓形已臻於成熟。這種產生於辛亥革命之後、北伐戰爭時期始漸流行的新式女裝中西合璧、兼收並蓄，最終成為近代中國女子的標準服裝，在中國人記憶中留下濃墨重彩的一筆。於是，在老上海那片迷人的夜色中，我們看到一個個老上海穿旗袍的女主角粉墨登場：從蘇青到周璇、從張愛玲到阮玲玉、從李香蘭到宋慶齡，古典之美宛若海上舊夢，風華絕代，綻放着花樣年華、華洋雜交的華麗情緣、殖民色彩的古典情結。她們是老上海的女主角，穿旗袍的倩影將會一直烙印在老上海的封面上。